譯難忘：遇見美好的老譯本

賴慈芸——著

曾與小仲馬交往過的巴黎交際花普勒斯（Alphonsine Plessis, 1824-1847）畫像，為茶花女的靈感來源。（當代畫家Camille Roqueplan作品）

➡ 見第一章

普勒斯永眠蒙馬特墓園。（攝影：賴慈芸）

➡ 見第一章

英譯本*Adrift in the Pacific*（1889）的插圖。

➡ 見第二章

森田思軒譯的《十五少年》（1896），是梁啟超《十五小豪傑》（1902）的底本。

➡ 見第二章

《新盦譯屑》收錄在《新盦筆記》中，譯者為周桂笙。

➡ 見第四章

《銀瓶怨》再版時改題《項日樂》（1930）。

➡ 見第五章

臺灣1968年翻印版本，沒有署名譯者。其實譯者是陳汝衡。

➡ **見第六章**

公爵夫人和漁婦一起查證培托兒達的身世。（插畫家亞瑟·克拉姆1911年作品）

➡ **見第七章**

《孤女飄零記》臺灣商務印書館版本（1977）。

➡ 見第九章

《少年維特之煩惱》上海春明版本（1949），譯者為黃魯不。

➠ 見第十章

《奧德賽》臺灣商務印書館版本（1977）。

➡ 見第十一章

《奧德賽》中，魔女塞栖拿毒藥給奧德修斯。
（*Circe Offering the Cup to Odysseus*, 1891, by John W. Waterhouse.）

➡ 見第十一章

《十日清談》1965年高雄大眾書局版，沒有署名譯者。其實這是闕逸譯的《十日清談》（1946）。

➡ 見第十二章

早期流傳甚廣的上海全譯本《京華煙雲》，譯者鄭陀、應元杰並未獲得林語堂授權。這是臺南大東書局版本（1966）。

➠ 見第十三章

目次

導讀

畫鳥只像鳥，那又何必畫呢？

一般讀者對翻譯的想像，往往先要求忠實原文，其次要求通順可讀，基本上不脫信達雅，但很少提到翻譯本身的藝術性。畫家林風眠曾說：「如果畫鳥只像鳥，那又何必畫呢？」這話也可以套用在翻譯上面：「如果翻譯只求和原文一模一樣，那又何必譯呢？」不過這句話不是我說的，而是阿根廷文學大師波赫士說的。他覺得忠實的譯本很無趣，推崇能夠引起目標語漣漪的譯文，也就是偏歸化（domestication）的譯文。

但中文譯者從魯迅以降，大都相信翻譯負有改革中文的大任，崇尚異化（foreignization）譯文，對忠實的要求往往勝過對文采的要求，而且對於歸化路線的譯者往往持相當負面的態度。如林紓、伍光建，常是所謂進步青年的批評嘲弄對象，說他們是老先生、食古不化、守舊之類的。加上過去一個世紀以來，中英文之間的文化地位並不對等，中文長期為翻譯入超國（英譯中遠多於中譯英），也讓中文讀者對翻譯的看法更加侷限於忠實原文。對翻譯的批評也有雙重標準：英譯中要求亦步亦趨，十四行詩不能翻成十五行；中譯英則要求寬鬆，要改要刪都沒關係，只要英文讀者能接受就好，錯誤也可以寬容，只講求藝術成就。

但這是多麼可惜的事！中文的音韻、節奏、簡約之美，就往往被「忠實」給犧牲了。林紓在五四運動前夕，曾預言廢文言的後果，就是連白話都寫不好：「非讀破萬卷，不能為古文，亦並不能為白話。」一九一九年四月，又說：「古文者白話之根柢，無古文安有白話。……吾輩已老，不能為正其非，悠悠百年，自有能辨之者。」但五月就發生了五四運動，白話勢不可擋，一九二〇年北洋政府教育部把所有課本改為白話。他痛心不已，在一九二四年過世前，還留遺言給兒子：「古文，萬不可釋手，將來必成世寶貴！」二〇一九年就是五四百年，林紓的預言，其實也已成事實：今天白話的冗贅、翻譯腔、邏輯不清諸病，不正是不讀文言的弊病嗎？

其實清末民初用文言翻譯西方文學，留下了不少精品。而一九二〇年代也堪稱白話翻譯的黃金時期，正因為一九二〇年代的譯者大都受過嚴格的古文教育，包括胡適在內，證實了林紓「白話從古文出」的看法。只是這些翻譯，以往有政治不正確的問題：他們往往被劃為反動、守舊、不思進步的陣營，在「忠實原文」的大旗下顯得不合時宜，因此在翻譯史上也不怎麼受到重視。所以我在本書中選了一些現在比較少見或比較少人談論的版本，展現翻譯的各種風貌。也想讓大家看看，拿掉「忠實」這個緊箍咒以後，翻譯可以多麼有趣！以下簡介本書選錄的譯本：

一、斷盡支那蕩子腸：林紓、王壽昌的《巴黎茶花女遺事》（一八九九）

原作是法國作家小仲馬（Alexandre Dumas le fil）的半自傳小說*La Dame aux Camélias*（一八四八），描寫巴黎交際花與貴族青年的戀愛悲劇。兩位譯者是福州同鄉：留學法國的王壽昌口述，晚清秀才林紓以文言文筆譯。這部譯作是中國近代第一本暢銷的西洋小說，影響深遠，也開啟林紓的翻譯事業。本書選錄第七章兩人初遇情景。

二、豪氣萬千的豪傑譯：梁啟超《十五小豪傑》（一九〇二）

原作是法國作家凡爾納（Jules Verne）的*Deux Ans de Vacances*（一八八八），直譯為「兩年間的假期」，描寫一群紐西蘭的寄宿學生，暑假計畫乘船旅行，卻在出發前一晚纜繩被意外解開，在全船都沒有大人的情況下漂流到一座荒島，過了兩年才全員獲救返回文明世界。譯者梁啟超提倡翻譯小說救國，這本小說是他流亡日本期間，根據森田思軒的日文譯本《十五少年》轉譯的，森田思軒則是根據英譯本*Adrift in the Pacific*轉譯的。梁啟超採取章回小說格式，有回目、詩詞、套語、按語。本書選錄第一回〈茫茫大海上一葉孤舟　滾滾怒濤中幾個童子〉。

三、西洋聊齋：奚若《天方夜談》（一九〇三）

原作是中世紀阿拉伯文學 أَلْف لَيْلَة وَلَيْلَة（英譯常作*Arabian Nights*），譯者奚若根據冷氏（Edward William Lane）的英文譯本*The Thousand and One Nights*（一八三九）轉譯。奚若是基督徒，曾留學美國的神學院。這個譯本是文言的，共譯出五十篇故事。一九二四年，白話文大將葉聖陶曾校注這個譯本，收入「中學國語文科補充讀本」。本書選錄〈鹿妻〉和〈頭顱記〉兩篇。

四、文言的格林童話：《新庵諧譯》（一九〇三）和《時諧》（一九〇九）

原作是德國格林兄弟（Jacob and Wilhelm Grimm）編纂的*Kinder- und Hausmärchen*（英文直譯為*The Children's and Household Tales*），一八一二年初版，後來不斷增修改版，直到一八五七年出版第七版，共收錄二百二十一個德國民間故事，通稱「格林童話」。周桂笙在一九〇三年的《新庵諧譯》翻譯了十二個格林故事，一九一四年的《新庵譯屑》也有收錄；一九〇九年的《時諧》則譯出五十六個故事，但譯者不詳。周桂笙曾就讀上海中法學堂，可能是根據一八五五年以後的英譯本轉譯，比較接近德文定本；《時諧》則是根據泰勒（Edgar Taylor）的英譯本*German Popular Stories*（一八二三／一八二六）轉譯，與德文定本有明顯的差異。兩個譯本都是使用文言文，但因為根據的英譯本不同，呈現出相當不同的面貌。本書選錄周桂笙的〈黠婢〉（今譯〈聰明的格麗特〉）和《時諧》的〈杜松樹〉。

五、雨果戲曲：東亞病夫《銀瓶怨》（一九一四）

原作是法國文豪雨果（Victor Hugo）的劇本*Angelo*（一八三五），背景設在十五世紀的義大利，總督的情婦和總督夫人愛上同一個男子，情婦為報母恩而捨身救了夫人。譯者東亞病夫即小說家曾樸，曾在同文館學法文。《銀瓶怨》是從法文直譯的，後來被張道藩改寫為《狄四娘》，把故事場景搬到中國。《銀瓶怨》的舞臺指示是文言的，對白則是白話，可以演出。本書選錄第五日第二幕，情婦聽說情人入了總督府邸與夫人偷情，憤而趕來捉姦的情景。

六、乾淨俐落的譯筆：陳汝衡的《坦白少年》（一九二三）

原作是法國哲學家伏爾泰（Voltaire）的哲學小說*Candide, ou l'Optimisme*（一七五九）。伏爾泰在序中說他把一個德國哲學家遺稿譯為法文，其實只是託言而已，當然原作就是法文，描寫一個天真的少年與情人的種種磨難與悲歡離合。陳汝衡以英文轉譯，他的大學老師吳宓再以法文原本校訂，在《學衡》雜誌上連載。本書選錄第十七章到十八章，坦白少年（Candid）到南美洲黃金國的經歷。

七、借譯傳情的才子：徐志摩《渦堤孩》（一九二三）

原作是德國作家福開（Friedrich de le Motte Fouguel）所寫的*Undine*（一八一一），是德國民間傳說，敘述水靈愛上人類，但丈夫後來移情別戀，水靈投水，丈夫再娶之日由噴泉中現身索命。徐志摩留學英國時，根據英國詩人戈斯（Edmund Gosse）英譯本轉譯。本書選錄第十一章〈培託兒達的生日〉。

八、冠冕堂皇的皇室醜聞：邵挺《天仇記》（一九二四）

原作是莎士比亞的劇本*The Tragedy of Hamlet, Prince of Denmark*（一六〇〇？），簡稱*Hamlet*，

中文常譯為《王子復仇記》或《哈姆雷特》，描寫丹麥國王的弟弟毒死哥哥，娶了嫂嫂登基，王子哈姆雷特疑心父王冤死而復仇。邵挺生平不詳。這個劇本是全文言文的，顯然不是為了舞臺演出，而是為了閱讀之用。譯者加了許多按語，針貶劇中人物。本書選錄第一幕第二景「堡內會議房」，從新王宣布娶了長嫂為后，到哈姆雷特的獨白。

九、被遺忘的簡愛：伍光建的《孤女飄零記》（一九二七）

原作是英國作家勃朗特（Charlotte Brontë）的小說*Jane Eyre*（一八四七），是第一人稱小說，描寫一個孤女從幼年到入學讀書、當家庭教師、戀愛與波折的故事。伍光建是北洋水師學堂第一屆學生，留學英國，晚清進士。他晚清即成名，比徐志摩年長三十歲，是五四青年的前輩，但因為到退休後仍翻譯不輟，文風也從早期《俠隱記》的章回白話轉為五四後白話。這本《孤女飄零記》的序寫於一九二七年，但實際出版是一九三五年。本書選錄第四回〈洩恨〉，是女主角與舅媽衝突過後，即將離家就學的情景。

十、既非少年，也不只煩惱：黃魯不《少年維特之煩惱》（一九二八）

原作是德國作家歌德（Johann Wolfgang von Goethe）的名作*Die Leiden des jungen Werthers*（一七七四）。這部書信體小說有點自傳色彩，描寫青年律師愛上已訂婚的法官女兒，在女方婚後還糾纏不清，最後自殺而死。郭沫若在一九二二年把書名翻譯為《少年維特之煩惱》，在中國極為流行，也出現了不少譯本，但書名始終不變。黃魯不生平不詳，但此譯本比郭沫若譯本自然易讀許多。本書選錄九封信，日期從一七七一年六月中旬到八月底，即維特初識夏綠蒂、陷入情網，到開始有自殺的念頭。

十一、用韻文說書的荷馬：傅東華的《奧德賽》（一九二九）

原作是西元前八世紀左右的古希臘史詩Ὀδύσσεια（*The Odyssey*），傳說為盲眼詩人荷馬（Homer）所作的第二部，接續Ἰλιάς（*The Iliad*）。《奧德賽》敘述特洛伊戰爭結束之後，伊大卡國王奧底修斯率手下返航，卻在海上經歷種種奇幻的劫難，過了十年才得以返鄉的故事。傅東華的譯本根據四種英譯本轉譯，包括波普（Alexander Pope, 1725）、古柏（William Cowper, 1791）、帕爾默（G. H. Palmer, 1891）、布徹和朗格合譯本（S. H. Butcher and Andrew Lang, 1893），以古柏的譯本為主。不過，雖然古柏的譯本是無韻詩，後面兩個十九世紀譯本都是散文的，傅東華的譯本卻是押韻的長詩。本書選錄卷十〈緣疑忌敗事故鄉濱　賴歡情指點冥間路〉，是女妖塞栖（Circe）把船員變成豬的故事。

十二、戰火下的翻譯：闞逸的《十日清談》（一九四一）

原作是十四世紀義大利作家薄伽丘（Giovanni Boccaccio）的*Decameron*，描述黑死病大疫期間，佛羅倫斯十位貴族青年男女出城避疫，相約每日每人說一個故事，十天共一百則故事，稱為《十日談》。闞逸本名陳天放，僑居菲律賓，根據阿爾丁頓（Richard Aldington）的英譯本*Tales from the Decameron of Giovanni Boccaccio*（一九三〇）轉譯。本書選錄第三日的第一個故事：「少年馬錫多，假裝啞子，在一個女修道院當園丁，院裡的女尼，爭著要和他同睡。」

十三、郁達夫殘稿疑案：汎思的《瞬息京華》（一九四六）

原作是中國作家林語堂的英文小說*Moment in Peking*（一九三九），描寫清末民初北京幾個大家族的故事，另一常見譯名為《京華煙雲》，曾多次改編為電視劇。林語堂屬意作家郁達夫翻譯此書，但郁達夫翻譯未完即死於日軍之手，發表連載的報刊亦皆被毀，至今未見殘稿。臺北林語堂紀念館在二〇一五年宣稱找到郁達夫的殘稿，即一九四六年發表於《華僑評論月刊》的《瞬息京華》，但譯者署名「汎思」，一九四六年又晚於郁達夫殉難日期，因此至今未能確認此文為郁達夫所譯。本書選錄第二回姚家因義和團拳亂而準備逃離北京一段，刊於《華僑評論月刊》第七期至第十期。

十四、活靈活現一塊肉：林漢達《大衛・考柏飛》（一九五一）

原作為英國作家狄更斯（Charles Dickens）的*David Copperfield*（一八四九），描寫遺腹子大衛在母親改嫁之後，過了一段悲慘的生活，後來投靠父親的姨媽而得以脫離繼父控制。林紓譯為《塊肉餘生述》之後，中譯本有《塊肉餘生記》、《塊肉餘生錄》等譯名。林漢達為留美的語言學家，封面上有「口語化翻譯小說」字樣，略有刪節，譯者說翻譯的目的是在試驗用漢字寫大眾口語，並借此機會收集北京口語。本書收錄譯本第十三章〈姑姑的主意〉，譯自原作第十四章，敘述大衛投靠姨婆經過。

十五、將軍譯者：童錫粱《戰爭與和平》（一九五七）

原作為俄國作家托爾斯泰（Leo Tolstoy）的Война и миръ（一八六九），英譯為*War and Peace*，描述拿破崙時代俄國幾個貴族家庭的故事。童錫粱畢業於日本士官學校，官拜中將。他的譯本轉譯自島村抱月、鈴木悅的日譯本，還參考米川正夫譯本。本書選錄第一卷第一篇第四章〈承襲〉，出自原文第一卷第二十一章和第二十二章，描寫伯爵臨終之際，私生子與姪女爭奪遺產的情節。

十六、牛刀小試：英千里《苦海孤雛》（一九五八）

原作為英國作家狄更斯的*Oliver Twist*（一八三八），描寫孤兒奧立佛悲慘的生活，從孤兒院到淪為小偷，林紓譯為《賊史》，後來也有譯為《孤雛淚》或《霧都孤兒》。英千里根據的是佩奇（Josephine Page）改寫的淺述本（一九四七），為中英對照本。本書選錄第一章〈屠歐禮的兒童時代〉和第二章〈歐禮表示不飽〉，都出自原作的第二章。

以上十七部譯作（兩種格林童話譯本），原文從古希臘文、中古義大利文、阿拉伯文，到近代德文、法文、英文、俄文都有，甚至有中國作家林語堂的作品。許多譯作透過英譯本或日譯本轉譯。譯者有林紓、梁啟超、伍光建、徐志摩等名家，也有生平不詳的邵挺、黃魯不和汎思。有晚清秀才林紓，有舉人梁啟超、曾樸，有洋學堂學生王壽昌、周桂笙、伍光建，有大學教授陳汝衡、徐志摩、林漢達、英千里，有編輯傅東華、僑胞閨逸，也有將軍童錫梁。風格從文言、韻文、章回白話到現代白話都有。晚清以來中文變化極大，翻譯是一大原因，這部小小的翻譯文選讀來也儼然是一部中文變化的簡史了。謹以此書作為五四百年的紀念。

一

斷盡支那蕩子腸

林紓、王壽昌的《巴黎茶花女遺事》（一八九九）

「可憐一卷茶花女，斷盡支那蕩子腸。」這兩句嚴復的詩，說明了法國作家小仲馬的《茶花女》（*La Dame aux camélias*, 1848）在中國翻譯史上難以取代的地位。林紓一八九九年出版的《巴黎茶花女遺事》是近代第一部暢銷西洋翻譯小說。[1]至於為何名滿天下的Dumas父子不叫「杜馬」而叫「仲馬」，則跟林紓和王壽昌都是福州人有關：這在聲韻學上叫做「端知不分」，也就是說現在國語中的「ㄓ」聲母字，在中古音系與「ㄉ」聲母不分（如臺語的「豬」、「箸」就是明顯的例子），所以用臺語念「仲馬」會比國語更接近法文發音。畢竟林紓的年代還沒有所謂的國語，當時所翻譯的人名地名，不少都有方言影響；另一個有名的例子就是Holmes譯為福爾摩斯（請以臺語念「福氣啦」就知道福與H的關係了）。林紓影響力太大，小仲馬大概很難翻案成為小杜馬了，福爾摩斯也很難翻譯成為霍姆斯了。

林紓（一八五二－一九二四）是福州人，父親曾到臺灣淡水經商。他三十歲才中舉，一直考不上進士，與官場無緣。他人生的轉捩點就是翻譯《巴黎茶花女遺事》一書。他不會外文，這本影響中國

1 目前學界同意，第一部由歐洲語言翻譯為中文的小說是《昕夕閒談》，一八七三年開始在《申報》連載，譯自英國小說家Edward Bulwer Lytton的*Night and Morning*，譯者署名「蠡勺居士」。

翻譯史的作品是他的同鄉王壽昌口譯的。王壽昌畢業於福州船政學堂，留法六年。一八九七年，林紓喪偶，心緒不佳，遇到回母校船政學堂教法文的王壽昌。王壽昌跟他說了小仲馬的茶花女故事，林紓便以文言文翻譯了出來，一八九九年自刻出版，首版只印了一百本，分贈親友留念而已。沒想到一砲而紅，兩人都因此在翻譯史上留名。根據王壽昌的孫子王文興教授說法，他比對王壽昌本人的筆記，認為《巴黎茶花女遺事》或許是王壽昌的作品多些，只是由林紓潤筆。但無論如何，林紓從此老運大開，一連翻譯了兩百多本作品，都是由合作者口述，林紓筆述，林紓的翻譯才具無庸置疑。他翻譯的長篇名作不少，短篇也很好，像是《羅剎因果錄》（托爾斯泰故事集）就有幾篇很棒的小品。

現代讀者一聽說林紓本人不會外語，竟然能成為翻譯大師，往往嘖嘖稱奇；其實中國翻譯史上這種合作模式本來就是常態，從佛經翻譯開始就是由西僧口述，中國弟子筆受；明朝利瑪竇和徐光啟也是合作翻譯，「平行線」、「鈍角三角形」這些詞彙都是合作翻譯出來的；一直到清朝的聖經翻譯還是如此，由歐洲傳教士口述，中國教徒筆受。與林紓同時代的清末民初譯者，合作模式也很常見，像是《婀娜小史》（安娜．卡列妮娜）、《十之九》（安徒生童話）都是合作的，由讀過洋學堂的陳家麟口述，晚清舉人陳大鐙筆述。後來有些讀洋學堂的文人，也開始自己翻譯，像是林紓的長期合作者魏易（張艾嘉的外曾祖父），是上海梵王渡學院（後來的聖約翰大學）畢業的，與林紓合譯了四十多本書之後，開始自己獨立翻譯。嚴復、伍光建、周作人這些譯者也都是洋學堂出身，留學外國者也越來越多，翻譯才漸漸由兩人合作模式轉變為通外語者獨立作業。

林紓晚年與五四文人打筆仗，說不過進步青年，十分落寞，在一九一九年四月間寫下：「吾輩已老，不能為正其非。悠悠百年，自有能辨之者。」但在過世之後，五四文人紛紛懷念小時候看林譯小說的快樂。胡適在《五十年來中國之文學》就稱讚林紓：

> 林紓譯小仲馬的「茶花女」，用古文敘事寫情，也可以算是一種嘗試。自有古文以來，從來不曾有這樣長篇的敘事寫情的文章。「茶花女」的成績，遂替古文開闢了一個新殖民地。

只是白話文運動一舉成功，林紓的譯筆再好也失去舞臺了。雖然現在課本中還是會提到林紓的名

1938年商務印書館《茶花女遺事》封面。

字和他翻譯的幾本名作，但真正看過林譯小說的恐怕寥寥無幾。因此本書的第一篇，還是來看看林紓的文筆吧。在選文之前，可以和後來的幾個譯本稍做比較。首先是茶花女本人的描述：

林紓譯本（一八九九）：

馬克長身玉立，御長裙，僊僊然描畫不能肖，雖欲故狀其醜，亦莫知為辭。修眉媚眼，臉猶朝霞，髮黑如漆覆額，而仰盤於頂上，結為巨髻。耳上飾二鑽，光明射目。余念馬克操業如此，宜有沉憂之色。乃觀馬克之容，若甚整暇。

夏康農譯本（一九二九）：

女人裡面再也沒有看見有比瑪格莉特更美麗動人的姿色的了。身材高高瘦瘦的，雖然稍嫌過度，但她有特別高明的本領裝束起來可以使這一點天然的缺陷完全消失。她的克什米爾披肩的下端一直拖長到地，兩邊飄露出綢衫的寬闊的衣襟，厚茸茸的皮袖筒裡藏著她的兩手，緊貼在她胸前，旁邊圍著摺紋的曲線是那樣地勻稱，任你再愛挑剔的眼睛，看去也沒有話說。

你試在一個描畫不出地柔媚的蛋形顏面上，放下一對黑黑的眼珠，上面蓋著兩彎如畫地純淨的眉毛；再在眼睛前面，遮掩一層長長的睫毛，牠們低垂在玫瑰般顏色的兩頰上灑下一陣輕微的陰影，再添上一副清秀筆直而靈敏的鼻子，兩個鼻孔教一種肉感生活的強烈要求給稍稍張開了來；再畫上一張整齊的嘴，柔脣輕開處擺著乳樣潔白的牙齒；然後再渲染一渲染那絨樣柔膩的皮膚，下面蓋著一對不曾經人觸摩過的桃子似的臉腮；這樣你就可以得到這一副頭臉的全景了。黑得像墨玉的頭髮，或有或無地漾著天然的波紋，在額前分作寬闊的兩股，消失在腦蓋後部，露出兩隻耳朵的下尖，尖端閃耀著價值四五千佛郎一件的鑽石耳墜。

為什麼像瑪格麗特那樣熱烈的生平會在顏面上留下這樣童稚純真的表情，這真是教我們研究不出結果的疑問。

施瑛譯本（一九三六）[2]：

世上任何美物，沒有再比瑪格麗特更愛嬌的，身材異常的高瘦，略嫌過度，但她有特別的本領，可以用裝飾來彌補這點天然的缺陷。她的罽賓披肩長長垂地，兩邊飄露出綢衫的寬闊的衣

2 施瑛是啟明書局的編輯，此譯本應是根據夏康農譯本改寫的。

襟，厚茸茸的皮袖，緊貼在她胸前，旁邊圍著摺紋，是安排得很巧妙的，任你再愛挑剔的眼睛，看去也無話可說。

你試在一個描畫不出的鵝蛋臉上，點上一對黑眼珠，上覆兩彎純淨如畫的眉毛，遮以一層長長的睫毛，牠們低垂時，一陣輕微的陰影，投在玫瑰色的雙頰上，再添上一副清秀筆直而靈敏的鼻子，略略膨脹像是一種肉感生活的強烈要求；再畫上一張整齊的嘴，柔脣開處，淺露乳樣的白齒；然後再渲染那絨樣膩膚，一對未經人觸摩過的桃色的臉腮；這樣你便得了那美人容貌的概略了。

烏黑如墨玉的頭髮，輕漾著天然的波紋，在額前分作寬闊的兩股，隱在腦後，露出兩耳的下尖，尖端各閃耀著的鑽環，價值當皆在四五千佛郎以上。

為何像瑪格麗特那樣熱烈的生活，而留在臉上的表情，竟這樣童稚純真，這問題我只能敘述，而不敢研究。

相較之下，可以看出文言譯本簡約的程度。林紓的譯本的確少了很多細節，像是「克什米爾披肩」、「皮袖」（手籠）、「蛋型的臉」、「乳色的牙齒」、耳環的價格等等。但高挑的黑髮美女形

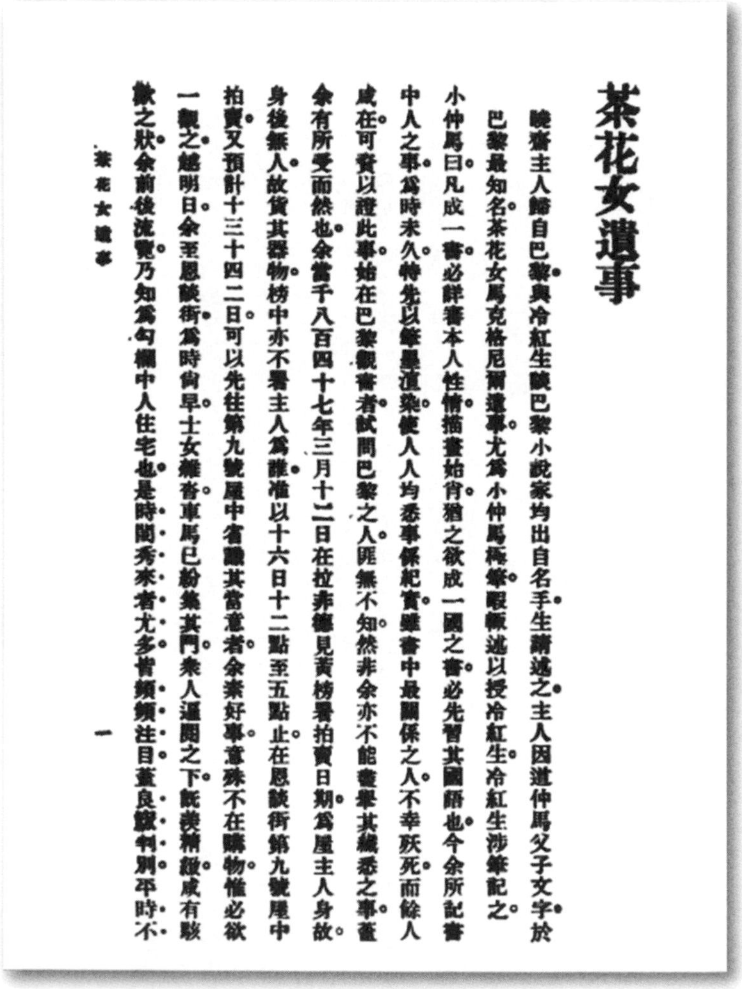

茶花女遺事

曉齋主人歸自巴黎。與冷紅生談巴黎小說家。均出自名手。生請述之。主人因道仲馬父子文字。於巴黎最知名。茶花女馬克格尼爾遺事。尤為小仲馬極筆。暇輒述以授冷紅生。冷紅生涉筆記之。

小仲馬曰。凡成一書。必詳審本人性情。描畫始肖。猶之欲成一國之書。必先習其國俗也。今余所記書中人之事。為時未久。特先以筆墨渲染。使人人均悉事係紀實。雖書中最關係之人。不幸夭死。而餘人咸在。可資以證此事。始在巴黎。觀書者試問巴黎之人。殆無不知。然非余亦不能盡舉其纖悉之事。蓋余有所受而然也。余嘗千八百四十七年三月十二日。在拉非德街見黃榜。署拍賣日期。為屋主人身故。身後無人。故貨其器物。榜中亦不署主人為誰。准以十六日十二點至五點止。在恩談街第九號屋中拍賣。又預計十三十四二日。可以先往第九號屋中。省識其當意者。余素好事。意殊不在購物。惟必欲一覩之。越明日。余至恩談街。為時尚早。士女雜沓。車馬已紛集其門。來人逼閱之下。既羨精緻。咸有駭歎之狀。余前後流覽。乃知為勾欄中人住宅也。是時閨秀來者尤多。皆頻頻注目。蓋良家婦。平時不

茶花女遺事　一

商務版《茶花女遺事》首頁。

象，幾個字就勾勒得非常鮮明，與白話文譯本有很不同的風味。

《茶花女》是根據小仲馬交往過的一位交際花普勒斯（Alphonsine Plessis, 1824-1847）所寫，這位普勒斯姑娘和書中的瑪格麗特一樣早逝，得年不過二十三歲，與普勒斯同歲的小仲馬則享年七十一歲。兩人都葬在蒙馬特墓園，相距僅有百尺。至今仍有不少各國遊客前去兩人墓前致意。

選文

以下選文出自原文第七章，是主角亞猛[2]歷經挖墳、生病諸事之後，開始跟敘事者敘述兩人相遇的往事：

（以下均亞猛語）

余一日在巴黎，同友人嘉實腟[3]赴戲園，半齣既終，余起；旋因閒行甬道間，有麗人過余側。嘉

2 Armand.
3 Gaston R--.

若頷之，余曰：「誰也？」

嘉君言：「此馬克[4]也。」

余曰：「二年未見，面龐全易矣。」

嘉君曰：「此女病，非壽相也。」

言次，余心動甚。因思二年前，余曾一值之，色授魂與，心遂怦怦然。時有友人善相術者，相余骨法，蓋天生情種，見勾於美人，即纏緜不已，故余每見馬克輒動，而友人咸目笑之。

余第一次遇馬克于劄屬[5]之市，見有通明玻璃車，坐一麗人，翩然下車，適一珠寶之肆，市人紛駭屬目，余則木然弗動如癡人。然從玻璃窗中隱約望之，欲從而入，恐麗者見疑，因逡巡不敢即入。麗人著單縑衣，輕蒨若披雲霧，上覆肩衣，以金縷周其緣，雜花蒙焉。用意大利草織為冠，腕上寶釧缺口，絡以金鍊，光華射目。俄上車行，時肆中人目送之。余乃就問麗人姓名，肆人曰：「此馬克格尼爾姑娘也。」

4 Marguerite Gautier.

5 Place du la Bourse，今譯交易所廣場。

余不敢詳問居址而歸。余自計閱婦人多矣，未嘗如是之美也。間數日，余向友人至倭伯夏江密克[6]戲園觀試演，左廂之上，馬克在焉；冶麗之態，合座傾倒。馬克執遠鏡矚台下，見余友，遙頷之。友將就之談，余戲友何福能識馬克，友問余識馬克乎？余曰：「欲識之爾。」

友遂偕余同行。余患唐突，丐友先容[7]。友曰：「勾欄中人，乃煩先容乎？」

余心頗弗適；然終弗敢往。友遄[8]返，曰：「馬克候爾矣。」

余問有他客乎？曰：「無。」

友乃行，余從之。旋折十數武[9]，忽出門外。余驚曰：「馬克遲[10]我，奈何轉向門外覓之。」

友曰：「非也，馬克思蜜漬蒲萄[11]，余將買諸市間，馬克無他嗜，惟嗜此耳。」

6 Opera Comique，巴黎喜歌劇院，創於一七一四年。現在為國立劇院，仍有演出。林紓把 Opera 譯成「倭伯夏」，Comique 譯成「江密克」。是法語發音譯為福州話的音譯。

7 先容：介紹。

8 遄（ㄔㄨㄢˊ）：迅速。《詩經．相鼠》：「人而無禮，胡不遄死？」

9 十幾步。

10 遲（ㄓˋ）：等待。

11 Raisins glacés.

葡萄既得，友告余曰：「君勿欽禮馬克如侯爵夫人也。遇此輩人，可以恣余談詼。」

余諾。甫至座外，已聞馬克笑聲。見余微頷，亟問友人曰：「將葡萄來乎？」以纖指握葡萄，且啖且顧余。余色赧，不敢正視。馬克耳語隔座婦人，笑吸吸不可止。余此時左右無所自容。馬克竟置予無一語。余友不欲予見輕于馬克，乃謂曰：「爾見亞君訥訥若不出口乎，心豔麗質，噤而不呻；願馬克寬假之！」

馬克曰：「君患獨行，以此為伴耳，豈復有心屬我。」

余即答曰：「我非真心，亦不挽人引導。」

馬克曰：「此風月場中常態也。」

余自揣雛妓晤客時，恆為狎客揶揄，閱歷久，轉以此窘狎客，似報復焉者。顧余樸訥不解謔浪，而一晌厚視馬克之心，至此亦復冰釋，乃起立辭馬克曰：「君以是遇我，向後不敢更復請見。」忿然遂出。甫攀門環，而廂中笑聲已大作。余入座後，樂作戲舉，友亦踵至，謂余曰：「君何戇也？彼以君為心病將發，引以為笑。此輩至猥賤，待之猶以香水沐小狗，馴則近之，驁[12]則推之溝

12 驁（ㄠˊ）：傲慢不馴。

中；君何重視若輩，以尊禮婦人之意加之，彼又惡知君意也！」

余曰：「無傷，從今弗接之可也。自爾較初見心緒當略息。」

友哂曰：「良然，吾甚望君他日勿被人言，為馬克故破其産也；且馬克言論尖峭，微近輕薄；若但以青樓人視之，固亦胭脂隊長也。」

是時樂聲大作，友亦無言。余此時偷矚左廂，馬克倩影在燈光中，如接圖畫。余轉覺忿怒馬克揶揄之心，為歡愛之心漸推漸遠。戲未闋[13]，馬克同前來婦人已離廂，余亦不覺自離其座。友問曰：「去乎？」

疾顧左廂，馬克已行。乃笑謂余曰：「君去！君去！吾視君此行當得意也。」

余出，適見馬克歷階而下。長裙拖石上，綷縩[14]有聲，香風流溢；時有二人與之同行，余退自暗陬[15]，防為所窺。迨既出門，有小童侍焉。馬克呼曰：「告御夫挽車至英吉利茶肆[16]中迓我。」

13 闋（ㄑㄩㄝˋ）：終了。
14 綷縩（ㄘㄞˋ ㄘㄞˋ）：絹帛聲。
15 陬（ㄗㄡ）：角落。
16 Café Anglais，英國咖啡館，是巴黎一家著名的餐廳，文人雅士聚集之處。已於一九一三年停業。

更數分鐘，余在街廊上望馬克。馬克臨窗而坐，左手撚花，以右手理花瓣。余即赴隔衢茶肆第一層樓上，開窗相望，適當馬克坐處。至一點鐘後，馬克始挾二男二女而去。余即呼市上車尾其後。馬克車直至恩談街[17]第九號，馬克下車入，餘四人自歸。余自計此時，直僥倖遇之，其歡悅當無盡。

自是以來，或遇戲園中，或他處見之，馬克嫣然恆有笑容；余則無時不心動。

一月之後，乃久不見馬克。余造吾友嘉實膛問馬克消息。嘉實膛言馬克病肺逾月矣，今且殆[18]。余初聞心怔忡不能自已，繼又喜病深客寡，不疲于酬應，乃每日至馬克家問閽者[19]，審馬克病狀；迨馬克至巴克尼[20]時始已。

馬克既去巴克尼，而余懸念之心，亦遂漸消歇，故今日同嘉實膛至戲園時遂不認識也。是時馬克用青紗蒙面，余離合莫辨，若在二年以前，雖蒙十重步障，余猶識之。今既晤面，從萬念灰冷中陡然

17 Rue d'Antin。「恩談」是 Antin 的音譯。
18 殆（ㄉㄞˋ）：危險。此處是將死之意。
19 閽（ㄏㄨㄣ）者：守門人。
20 Bagneres，今譯巴涅爾德，位於法國西南，以溫泉知名。

復熾，余亦不自知其何心。然思想之心，斯須[21]無已，奈何使馬克得聞之。言次，遂復歸戲園座，視馬克仍在西廂。余熟視久之，比前容止較莊，然病後愁容，若不勝清怨。

21 斯須：片刻。

二

豪氣萬千的豪傑譯

梁啟超《十五小豪傑》（一九〇二）

法國作家凡爾納（Jules Verne, 1828-1905）在清末民初很受日本和中國歡迎，他的《環遊世界八十天》、《地底旅行》、《海底兩萬里》、《月界旅行》等，幾乎都是兒童文學的必選書單。他的《十五少年漂流記》，描寫一群在紐西蘭讀書的歐洲男孩，意外漂流到南太平洋孤島上，自立自強地過了兩年，最後全員平安回家，也開啟了重要的兒童文學類型，可以說是純真年代的《蒼蠅王》和《移動迷宮》。

原作是一八八八年初版的*Deux Ans de Vacances*（直譯：兩年間的假期）。一八八九年，倫敦出版了一個英文節譯本*Adrift in the Pacific*[1]，一八九六年，森田思軒根據這個英文節譯本譯成日文，一開始在《少年世界》連載，題目為《冒險奇談十五少年》，連載完畢出版單行本時，改題《十五少年》。一九〇二年，流亡日本的梁啟超再根據森田思軒的譯本，轉譯為中文《十五小豪傑》，連載於《新民叢報》。梁啟超並沒有翻完全本，後半由披髮生（羅普）續完，共十八回。由於這個譯本名氣太大，這部小說的中文書名總是跟「十五」這個數字有關，像是《十五小英雄》、《十五少年漂流

1 法文原作有三十章，這個英文節譯本只有十九章，森田思軒再縮為十五回。可惜這個譯本沒有署名，是倫敦SAMPSON LOW, MARSTON & CO., LTD. 出版。

記》等，一直沿用至今，反而比較少見到直譯的《兩年假期》。

梁啟超力暢小說救國論（一九〇二）：

欲新一國之民，不可不先新一國之小說。故欲新道德必新小說，欲新宗教必新小說，欲新政治必新小說，欲新風俗必新小說，欲新學藝必新小說，乃至欲新人心，欲新人格，必新小說。何以故？小說有不可思議之力支配人道故。

說的是洋洋灑灑，他自己也翻譯小說，但他的翻譯小說有點太愛說教，像是《佳人奇遇》、《經國美談》等，讀起來總有點無趣，沒有林紓那麼成功。倒是《十五小豪傑》，因為故事主角是少年，又有各種自然界的冒險，精采可讀。

梁啟超翻譯這部小說用的是章回白話，有回目、詞，也有「看官」、「話說」、「閒話休提」、「按下不表」、「且聽下回分解」等章回套語。如第一章，英譯本標題是The Storm，森田思軒日譯本是「大あらし」（大風暴），梁啟超卻另擬了回目「茫茫大海上一葉孤舟／滾滾怒濤中幾個童

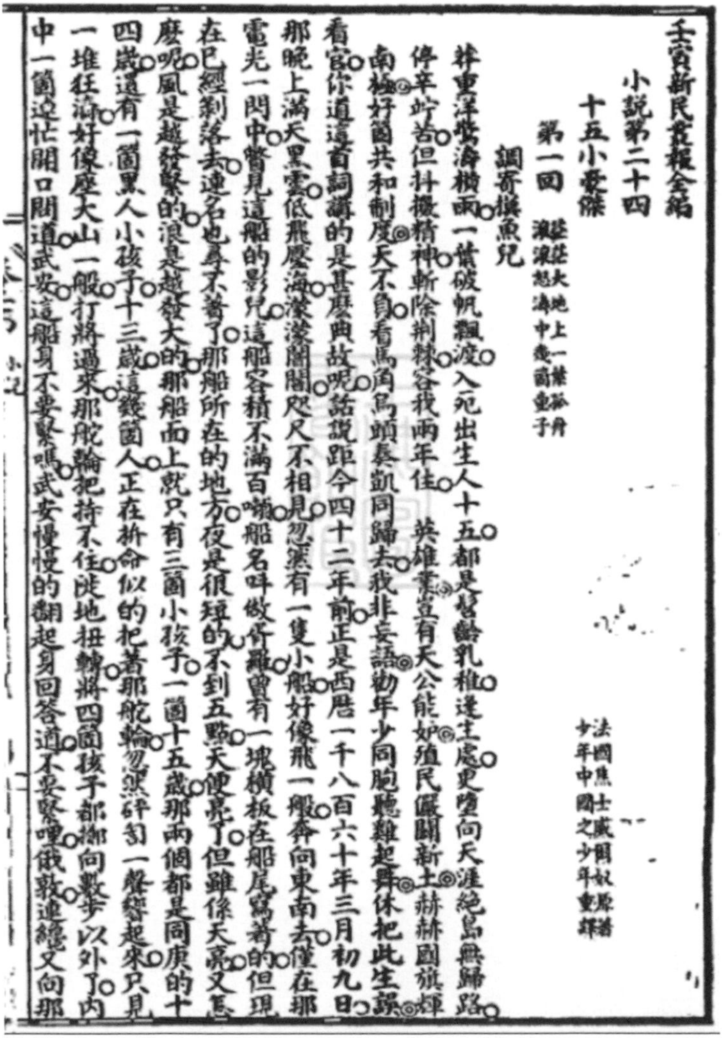

壬寅新民叢報全編

小說第二十四

十五小豪傑

第一回　茫茫大地上一葉孤舟　滾滾怒濤中幾箇童子

法國焦士威爾奴原著　少年中國之少年重譯

調寄摸魚兒

莽重洋驚濤橫雨。一葉破帆飄渡。入死出生人十五。都是髫齡乳稚。逢生處。更墮向天涯絕島無歸路。
停辛佇苦。但抖擻精神。斬除荊棘。容我兩年住。　英雄業。豈有天公能妒。殖民儼闢新土。赫赫國旗輝
南極。好箇共和制度。天不負。看馬角烏頭。奏凱同歸去。我非妄語。勸年少同胞。聽雞起舞。休把此生誤。
看官。你道這首詞講的是甚麼典故呢。話說距今四十二年前。正是西曆一千八百六十年三月初九日。
那晚上滿天黑雲。低飛壓海。濛濛闇闇。咫尺不相見。忽然有一隻小船。好像飛一般。奔向東南去。僅在那
電光一閃中。瞥見這船的影兒。這船容積不滿百噸。船名叫做胥羅曾。有一塊橫板在船尾。寫着的。但現
在已經剝落去。連名也尋不着了。那船所在的地方。夜是很短的。不到五點。天便亮了。但雖係天亮。又怎
麼呢。風是越發緊的。浪是越發大的。那船面上就只有三箇小孩子。一箇十五歲。那兩個都是同庚的十
四歲。還有一箇黑人小孩子。十三歲。這幾箇人。正在拚命似的。把着那舵輪。忽然砰訇一聲。響起來。只見
一堆狂瀾。好像座大山一般。打將過來。那舵輪把持不住。陡地扭轉。將四箇孩子都擲向數步以外了。內
中一箇。從忙開口問道。武安。這船身不要緊嗎。武安慢慢的翻起身。回答道。不要緊哩。俄敦。達總。又向那

《新民叢報》上連載的《十五小豪傑》（1900）。

子」，還加了一段開場詞，調寄摸魚兒，最後還要「勸年少同胞，聽雞起舞，休把此生誤」。慷慨激昂，都是中譯本獨有的。他在第一次連載之後解釋了自己的翻譯方法：

> 英譯自序云，用英人體裁，譯意不譯詞，惟自信於原文無毫釐之誤。日本森田氏自序亦云：易以日本格調，然絲毫不失原意。今吾此譯，又純以中國說部體段代之，然自信不負森田。果爾，則此編雖令焦士威爾奴覆讀之，當不謂其唐突西子耶。

現代譯者看到這裡，應該嚇出一身冷汗吧！由法文譯英文，英國人已經「譯意不譯詞」了；英文譯日文，日本人又「易以日本格調」；日文譯中文，梁啟超再「以中國說部體」翻譯，凡爾納應該認不太出來這是他寫的了吧！梁啟超其實沒有譯完，只譯了前九回，但因為影響力很大，所以這種歸化的譯法也叫做「豪傑譯」，就是愛怎麼譯就怎麼譯。

梁啟超這本譯作影響力還不只是「豪傑譯」一詞。民國以後推行白話文，一九二三年商務印書館出版的初中國語教材《新學制國語教科書》，有兩篇課文就是從《十五小豪傑》選錄出來：第一篇叫做〈小豪傑放洋記〉，就是第一回〈茫茫大海上一葉孤舟／滾滾怒濤中幾個童子〉；第二篇叫做〈荒島遊歷記〉，是從第七回〈移漂民快撐寒木筏／怪弱弟初審悶葫蘆〉的後半，與第八回〈勇學童地闢豺狼窟／榮紀念名從父母邦〉合併而來。一九四〇年，上海激流書店出版了一本《十五小英雄》[2]，譯者章士佼在序中說，他初中時讀了梁啟超的〈小豪傑放洋記〉，非常喜歡，「覺得全文寫得緊張生動，筆法美麗異常」，可惜去找梁啟超的完整譯文卻不可得，才知他沒有譯完。如今他自己也學了日文，所以特地去買了一本森田思軒的《十五少年》，重新翻譯一次。因為也是從森田思軒轉譯的，所以人名和梁啟超的差不多。

還有更直接的影響。也是在一九四〇年，上海啟明書局也出版了一本《十五小豪傑》，由施洛英編譯。施洛英即施瑛（一九一二—一九八六），字慎之，筆名有王慎之、許慎之等，是啟明編輯，改寫了多本世界名著。啟明的《十五小豪傑》，就是根據梁啟超一九〇二年的《十五小豪傑》改的。人名把梁啟超用的「武安」、「俄登」、「杜番」、「莫科」更進一步中文化，變成「武安」、「吳登」、「杜凡」、「莫哥」。比較一下施瑛和梁啟超的譯本：

2 這個版本的版權頁寫出版時間是一九三九年十二月，但譯者序卻寫於一九四〇年元月。我猜本來是年底要出版，後來因故延後了，因此我把這版本視為一九四〇年的譯本。

梁啟超：

忽然砰訇一聲響起來，只見一堆狂濤，好像座大山一般，打將過來。那舵輪把持不住，陡地扭轉，將四個孩子都擲向數步以外了。內中一個忙開口問道，「武安，這船身不要緊嗎？」

施瑛：

突然震天動地的一聲響，一堆狂濤，好像一座銀色的大山一樣，萬馬奔騰的向雪洛船撲過來。幾個孩子力小，把持不住舵輪，陡的扭轉，把四個孩子，向好幾步之外，直拋出去。有一個孩子忙開口問著：「武安，這船身可不要緊嗎？」

可以看出用詞和敘事明顯相似。連梁啟超譯錯的地方，施瑛譯本也跟著錯。梁啟超的日文是逃亡後倉促學的，明治時期日文書籍雖然有很多漢字，但也會有「偽友」問題。例如上一段四個孩子被甩出去後，武安問船上唯一的黑人：「莫科呀，你不悔恨跟錯我們來嗎？」其實這句的英譯本是「You are not hurt, Moko?」，日譯本是「汝は怪我せざりしか」，都是問他有沒有受傷。梁啟超應是被日文漢字「怪我」（受傷）誤導，因而誤解此句。施瑛跟著錯：「莫哥，你跟著我們，蹈入這次危險，你的心中可悔恨嗎？」再看章士佼譯本，因為是根據日譯本重譯，這句譯成：「莫科，你沒有受傷嗎？」就沒有譯錯了。

梁啟超很喜歡「少年」這個概念，他這篇譯者署名就是「少年中國之少年」。他在一九〇〇年寫過一篇〈少年中國論〉，大談少年之重要：

少年智則國智，少年富則國富；少年強則國強，少年獨立則國獨立；少年自由則國自由；少年進步則國進步；少年勝於歐洲，則國勝於歐洲；少年雄於地球，則國雄於地球。

隔了三十幾年，施瑛的序卻沒有那麼贊成少年去冒險：

歐美列強，稱霸海外，窮野孤島，都有白種人的足跡。一方面果然是帝國主義思想驅使，一方面未嘗不是少年們受了冒險小說的鼓舞，壯志凌雲，都想在海外開闢新大陸。我們自然不希望中國也到海外去找殖民地，然而把這一類的小說，當作少年們振頑興懦的補劑，諒來教育家總是首肯的吧。翻譯本書的微意，就在於此。

原來這部冒險小說還跟帝國主義有關係啊！這部作品在戰後的臺灣也頗受歡迎，包括一九五四年洪炎秋在《東方少年》月刊連載的《十五少年漂流記》、江文雙翻譯的《十五小英雄》（一九六二年惠眾）、劉維美翻譯的《十五少年飄流記》（一九六六年東方出版社），通通譯自日本講談社的《十五少年漂流記》（一九五一年出版）。日文譯者太田黑克彥在前言中說，小時候就很愛讀森田思軒的《十五少年》。所以說起來，各種中譯版本，還是或多或少都跟森田思軒有關呢。以下選錄第一回，從回目、詞，到文末的解說，都出自梁啟超手筆。

選文

第一回　茫茫大海上一葉孤舟　滾滾怒濤中幾個童子

調寄摸魚兒

莽重洋驚濤橫雨，一葉破帆飄渡。

入死出生人十五，都是髫齡乳稚。
逢生處，更墮向天涯絕島無歸路。
停辛竚苦，但抖擻精神，斬除荊棘，容我兩年住。
英雄業，豈有天公能妒，殖民儼闢新土。
赫赫國旗輝南極，好個共和制度。
天不負，看馬角烏頭[3]奏凱同歸去。
我非妄語，勸年少同胞，聽雞起舞，休把此生誤。

看官，你道這首詞講的是什麼典故呢？話說距今四十二年前，正是西曆一千八百六十年三月初九日。那晚上滿天黑雲，低飛壓海，濛濛闇闇，咫尺不相見。忽然有一隻小船，好像飛一般，奔向東南去。僅在那電光一閃中，瞥見這船的形兒。這船容積不滿百噸，船名叫做胥羅[4]。曾有一塊橫版在船

3 馬頭生角，烏鴉變白，形容不可能的事情。
4 原文船名為「Sloughi」（北非獵犬），英譯本船名為「Sleuth」（獵犬）。森田譯本用音譯「スロウ號」。

尾寫著的，但現在已經剝落去，連名也尋不著了。那船所在的地方，夜是很短的，不到五點，天便亮了。但雖係天亮，又怎麼呢？風是越發緊的，浪是越發大的。

那船面上就只有三箇小孩子[5]。一箇十五歲，那兩個都是同庚的十四歲。還有一箇黑人小孩子，十三歲。這幾箇人，正在拼命似的把著那舵輪。忽然砰訇[6]一聲響起來。只見一堆狂濤，好像座大山一般，打將過來。那舵輪把持不住，陡地扭轉，將四箇孩子都擲向數步以外了。內中一箇連忙開口問道：

「武安[7]，這船身不要緊嗎？」

武安慢慢地翻起身回答道：「不要緊哩，俄敦[8]。」

5其實是四個人：三個學生和一個黑人。

6訇（ㄏㄨㄥ），這裡是作狀聲詞用。

7原文為「Briant」，英譯本同，森田用漢字取名為「武安」，但用片假名注音「ブリアン」。梁啟超沿用漢字「武安」。

8原文為「Gorden」，英譯本同，森田用漢字取名為「呉敦」，片假名注音「ゴルドン」。梁啟超改了一個字，變成「俄敦」。

連纔又向那一箇說道：「杜番[9]啊，我們不要灰心哇。我們須知道這身子以外，還有比身子更重大的哩。」

隨又看那黑孩子一眼，問道：「莫科[10]呀，你不悔恨跟錯我們來嗎[11]？」

黑孩子回答道：「不，主公武安。」

這四箇人正在船面，話未說完，那船艙樓梯口的窗戶，突然推開。先有兩箇孩子探頭出來，跟著又有一隻狗，蹲出半截身子。那狗三聲兩聲的亂吠。那兩孩子裡頭，有一箇年長的，約有十歲左右，急急忙忙大聲問道：「武安！武安！什麼事呀！」

武安道：「沒有什麼。伊播孫[12]啊，快回去罷，什麼事都沒有。」

9 原文為「Doniphan」，英譯本改為「Donagan」，森田用漢字「杜番」，片假名注音「ドナバン」，近於英文發音。梁啟超沿用漢字名「杜番」。

10 原文和英譯本都用「Moko」。森田用漢字「莫科」，注音「モコー」。梁啟超沿用。

11 這句誤譯。英譯本是「You are not hurt, Moko?」，日譯本是「汝は怪我せざりしか」，都是問他有沒有受傷。梁啟超應是被日文漢字「怪我」（受傷）誤導，因而誤解此句。

12 原文為「Iverson」，日譯本和中譯本都用「伊播孫」。

那年小的又說道：「雖然如此，但我們怕得很啊！」

武安道：「別要怕，趕緊回去，坐在床上，閉著兩隻眼睛。這就什麼都不怕了。」

那兩孩子兀自不肯下去。只聽得莫科忽喊起來，道：「好晦氣！又一箇大浪來了。」

話猶未了，那浪又沒命的自船尾轟進來，險些都從窗口灌入船艙裡去了。那俄敦高聲喝道：「兩位快回去呀！你們不聽我們的話嗎？」

這兩孩子方纔沒趣的去了。卻又有一箇探頭出來，叫道：「武安呀！你們要我們來幫幫力嗎？」

武安答道：「不，巴士他[13]呀，你們好好的在裡面，保護著那年紀小的罷！這裡有我們四箇人足彀了。」

（中略）

又過一點多鐘，忽聞轟的一聲，好像大礮發於空中。不好了，前檣斷了兩截。那布篷撕成一片一

13 原文為「Baxter」，日譯本用「馬克太」，標音「バクスター」。梁改此名為「巴士他」，應該是從日文的發音簡化而成。

片，飛向海心去，就和一群白鷗似的。杜番道：「我們沒了風篷，怎麼好？」

武安道：「怕什麼！這船趁著浪，不是一樣的走嗎？」

莫科道：「好在浪是順風的，在船尾送著來。但浪太緊了，我們要將身子用繩綑著在舵輪旁邊，免致被浪裹去。」

說時遲，那時疾。莫科話猶未了，只見一堆奔濤，足有四五十丈高，從船尾猛奔來。鐺鐺爆爆，聲音亂響，崩落船面甲板。兩隻救生船，一隻舢舨，一個羅盤箱臺，都掉下來。那餘勢還撞到船邊，將左邊的船欄板都碎裂了。還虧著碎了欄板，這水能彀流出去，不然，這船受不了這種大壓力，是要沉定了。武安、杜番、俄敦三個，被這浪一刮，擲出數丈之外，直到樓梯口，方纔把捉得住，卻是不見了莫科。（評曰：刮落救生船、舢舨、羅盤針、衝破欄板、將武安等三人擲向數丈以外，同是此一剎那間事。）

武安嚘呀一聲道：「不好！不好！」隨即高聲大呼道：「莫科！莫科！」

杜番道：「難道掉落海了不成？」

俄敦忙向船邊探頭四望，卻影兒也不見，聲兒也不聞。

武安道：「我們不可以不救他。急放下救生水泡14，投下繩索罷！」隨又連聲高喊道：「莫科！莫科！」只聽得微微聲音答應道：「救命呀！救命呀！」

俄敦道：「他沒有掉下海，這聲音是從船頭來的。」

武安道：「等我去救他。」趕緊從船尾走到船頭，跌了好幾跤，方才走到。便又高聲叫道：「Boy!莫科！莫科！My boy!」卻不聽見答應。復連叫許多聲，只聽見微微的答應：「呀！呀！」的兩聲，那聲更沉下去了。武安手中又沒燈火，只得跟著聲音，闇中摸索。摸到船頭那絞車盤和軸艫中間，有一箇孩子的身，橫倒在那裡，卻是已經悶倒，不能出聲了。

看官！你說莫科因何跑在這裡？原來剛纔那一陣大浪，一直刮送過來，撞著那風篷的繩索，將喉頸勒住，越發掙扎，越發勒緊，如今呼吸都絕了。武安趕緊從袋子裡掏出小刀來，把繩割斷。好一歇，那莫科才回過氣來，便向武安千恩萬謝的謝他救命之恩，攜著手回到舵輪之下。

但船既沒了風篷，速力驟減。浪不能送船快行，船卻陷在浪裡，如盤渦一般。這孩子們想找別樣東西代著風篷，也是找不出來，只得聽天由命罷了。這孩子們如今別的都無可望，只盼著天亮之後，

14 救生圈。

風威略減，或者老天可憐見的，望著個陸地的影兒。除非這兩樣能彀有一，這便九死之中還有一生之望哩！

捱到四點半鐘，已見一帶白光，從地平線上起來，漸漸射到天心。只是煙霧依然深鎖重洋，望不見十丈以外。那雲仔好像電光一樣，快滾滾的飛向東方，風勢有增無減的咯。這四個孩子眼巴巴的望著狂瀾怒濤，不發一語，都如獃子一般，各發各的心事。又過了半點多鐘，猛然聽得莫科一聲狂叫起來道：「陸！陸！」正是：

山窮水盡，憐我憐卿。腸斷眼穿，是真是夢。
究竟莫科所見到底是陸地不是，且聽下回分解。

此書為法國人焦士威爾奴所著，原名「兩年間學校暑假」。英人某譯為英文，日本大文豪森田思軒，又由英文譯為日本文，名曰「十五少年」。此編由日本文重譯[14]者也。

14重譯：從其他語言轉譯。

英譯自序云，用英人體裁，譯意不譯詞，惟自信於原文無毫釐之誤。日本森田氏自序亦云：易以日本格調，然絲毫不失原意。今吾此譯，又純以中國說部體段代之，然自信不負森田。果爾，則此編雖令焦士威爾奴覆讀之，當不謂其唐突西子耶。

森田譯本共分十五回。此編因登錄報中，每次一回，故割裂回數，約倍原譯。然按之中國說部體製，覺割裂停逗處，似更優於原文也。

此書寄思深微，結構宏偉。讀者觀全豹後，自信余言之不妄。觀其一起之突兀，使人墮五里霧中，茫不知其來由。此亦見西文字氣魄雄厚處。

武安為全書主人翁。觀其告杜番云：「我們須知這身子以外，還有比身子更大的哩。」又觀其不見莫科，即云：「我們不可以不救他。」即此可見為有道之士。

三

西洋聊齋

奚若《天方夜談》（一九〇三）

大家從小都聽過《天方夜譚》，像是王后雪赫拉莎德每天晚上會說故事、阿里巴巴與四十大盜、阿拉丁、辛巴達歷險記等等，改編的歌劇、繪畫、繪本、動畫、兒童故事無數。但這些故事是什麼時候譯成中文的呢？天方又是什麼意思？

其實「天方」本作「天房」，是指伊斯蘭聖地麥加，中國在明朝以後以「天方」稱呼阿拉伯（唐宋時期稱阿拉伯為「大食」）。譚與談為同義字。所以有人寫《天方夜譚》，也有人寫《天方夜談》。但第一個中譯本並不叫《天方夜譚》，而是叫做《一千零一夜》，是一九〇〇年周桂笙（一八七三－一九三六）收錄在《新庵諧譯》裡的幾個連環故事，分為兩篇，即〈一千零一夜〉和〈漁者〉。至於沿用至今的書名《天方夜譚》，則是嚴復在一九〇二年取的。他雖然沒有翻譯小說，但在《穆勒名學》中提到這本書，寫了一個長注腳，注腳本身就像一個短篇小說：

《天方夜譚》不知何人所著。其書言安息[1]某國王，以其寵妃與奴私，殺之。後更娶他妃，御一夕，天明輒殺無赦。以是國中美人幾盡。後其宰相女自言願為王妃，父母涕泣閉距之，不可，

1 安息，中國古代對波斯帝國的稱呼，大約在今天的伊朗一帶。

則為具盛飾進御。夜中雞既鳴，白王言為女弟道一故事未盡，願得畢其說就死。王許之。為迎其女弟宮中，聽姊復理前語。乃其說既弔詭新奇可喜矣，且抽繹益長，猝不可罄，則請王賜一夕之命，以褒續前語。入後轉勝，王甚樂之。於是者至一千有一夜，得不死。其書為各國傳譯，名《一千一夜》。

嚴復提過這部作品之後，接下來幾年間，陸續出現了幾個譯本。如一九〇四年，周作人以筆名「萍雲」譯的《俠女奴》在《女子世界》連載，一九〇五年出版單行本，內容就是〈阿里巴巴與四十大盜〉，根據英譯本轉譯。周作人當時在江南水師學堂讀書，哥哥魯迅從東京寄了本有插圖的英文譯本送他，周作人覺得很有趣，就譯了出來。大概是為了配合刊物性質，他不但用女性筆名發表，也把故事的主角從阿里巴巴改為那個把大盜用油燙死的女奴，認為她才是故事主角，在序中還把她比為古代俠女紅線女：

有曼綺那Morgiana者，波斯之一女奴也。機警有急智。其主人偶入盜穴為所殺，盜復迹至其家，曼綺那以計悉殲之。其英勇之氣，頗與中國紅線女俠類。沉沉奴隸海，乃有此奇物。亟從歐文逡譯之，以告世之奴骨天成者。

整段都沒有提到「阿里巴巴」，因為曼綺那是他兄弟的女奴，所以被殺的「其主人」也不是他。大概受到周作人《俠女奴》的影響，後來奚若和包天笑的譯本都把這個故事稱為〈記瑪奇亞那殺盜事〉，林俊千譯本則叫做〈智婢殺盜記〉，都以女奴作為主角。不過根據學界研究，這個故事並沒有出現在十四世紀阿拉伯文的任何版本中，第一次面世其實是在十八世紀初期加朗（Antoine Galland）的法文譯本中，而譯者加朗宣稱這個故事是某個僧人口述的，但至今都沒有其他來源有類似的故事。所以，這個故事的起源頗為可疑，很多人懷疑根本是加朗自己的創作。但因為這個故事太有名了，我們很難想像沒有阿里巴巴的天方夜譚，連現代阿拉伯文的版本都把這個故事譯回阿拉伯文。

第一本叫做《天方夜談》的中譯本是一九〇三年開始在《繡像小說》上連載的奚若譯本。奚若（一八八〇－一九一四）是《繡像小說》的編輯，字伯綬，江蘇元和人，自小在教會學校跟著傳教士讀書，曾就讀於中西書院（後來的東吳大學），並在基督教青年會的資助下，留學美國歐柏林（Oberlin）大學神學院。後來還是商務印書館的股東，惜因腎病早逝。中華基督教會年鑑有一篇〈教會著述家奚伯綬先生行述〉有完整生平介紹。

這個版本從一九〇三年連載到一九〇五年，共譯出五十幾個故事。一九〇六年由商務印書館出版單行本，收入「說部叢書」，被歸類為「述異小說」，分為四冊。他在序中說自己的譯本係根據冷氏（Edward William Lane）的*The Thousand and One Nights*（一八三九）轉譯。奚若和周桂笙年代相近，都受過英語教育（周桂笙就讀上海中法學堂，奚若則是就讀上海中西學堂），都用文言文翻譯。以下錄一個兩人都有譯出的小故事，比較一下兩人譯筆：

周桂笙譯：

昔者，某國君之世子，性褊急[2]，好畋獵[3]。國君不之禁，且令某宰輔與之俱也。會獵期，獵人咸集，相與逐鹿。世子以宰輔隨於後，恐為所獲，故驚其走而疾馳之，舍諸從臣。策馬獨往，至一荒野。有婦人哭甚哀，世子駐馬視之，麗人也。問之曰：「婦人胡為而野哭？」婦曰：「妾乘馬至此，人墜而馬逸，不得歸，是以哀也。」世子憐之，呼之起，使乘於馬後，按轡緩行，將

2 褊（ㄅㄧㄢˇ）急：性情急躁。
3 畋（ㄊㄧㄢˊ）獵：打獵。《老子》第十二章：「馳騁畋獵，令人心發狂。」

送之歸。道經一古屋，婦託詞欲下，世子扶之下。婦入屋，世子牽騎從之。婦入內呼曰：「諸兒速來，今日可喜哉，吾獲一少年，為汝等果腹也。」內有應者曰：「朿將來，兒等餓欲死矣。」世子聞之大驚，不知所措，上馬縱轡，疾馳而逸。歸告國君曰：「宰輔不恴從兒，致兒遭此厄也。」國君怒執宰輔下獄，縊殺之。

奚若譯：

有某國太子，性好畋，王愛之，不禁；惟每出，王必命維齊[4]從。一日，方馳騁於郊，突一鹿橫逸，畋犬奔逐。太子急欲得鹿，亦縱騎往，若飆電之疾。維齊追不及，遂失太子。而太子狂鞭馬，不復辨徑路。俄眾犬離披散，鹿杳不可得，始持轡倉皇四顧，欲返則已迷途。方焦急無措，瞥見一弱女子，甚娟好，泣於路隅。太子心憫，詰以故。則係印度王女，騎而出，馬驟驚，墮地，起覓馬，逸去無蹤。足弱無由歸，用是戚戚。太子令並騎，女赬頩[5]從之。數里許，見閈

4 維齊：為 Vizier 的音譯，宰相。
5 赬（ㄔㄥ）頩：臉紅。《聊齋誌異．水莽草》：「女赬頩微笑，生益惑。」

閎，似舊家第宅，已就圮。女曰：「是即予家。」欲下復止，似荏弱不任者。掖之，始離鞍韉，行不顧。太子悅其美，挽轡隨其後。女入門，猶裴回不忍去。旋聞門內懽笑聲騰於外。傾耳以聽，則女呼兒輩，「予將一美男至，肥如瓠6，當偕汝曹飽噉。」復聞雜然曰：「在何所？予等飢腸久轆轆矣。」

太子知遇怪，亟跨馬，力策狂犇，不辨南北。幸抵一通衢，詢途得返，白諸王。王以維齊後太子，致遘此險，立命下維齊吏，繯其首，可謂無妄之禍。

相較之下，周桂笙的版本較為簡約，奚若的版本則描寫更加細膩，更有畫面。周桂笙的「婦人」、「麗人」，在奚若筆下成為「弱女子，甚娟好」、「印度王女」，更有吸引力；周版的世子只有叫婦人「乘於馬後」，奚若筆下的女子還會臉紅（赬頳），故作嬌羞狀。最後偷聽到妖女招呼大家來吃肉，周版只說「吾獲一少年」，奚若則強調「予將一美男至，肥如瓠」，肥白可口，形象更加突出。最後世子「疾馳而逸」，奚若版的太子也更加倉皇：「力策狂犇，不辨南北」，讀來更有趣味。

6 瓠（ㄏㄨˋ）：瓜類，常用來形容肥白。《史記．張丞相列傳》：「張蒼身長大，肥白如瓠。」

不過，由於周桂笙沒有說明他根據哪個英譯本，也許兩者差異也與不同的英譯本有關。

這個「太子遇妖」故事沒有單獨的標題，是〈頭顱記〉裡的一個小故事。波斯帝國裡的小國「乍門」（Zouman）國王生了怪病，外國來的神醫竇本治好了國王的病而受寵。宰相嫉妒竇本，跟國王說竇本有所圖謀，將不利於王。進讒言之前，先說了這個「某宰相同行無辜被吊死」的故事，讓國王同情宰相這個高危險行業。國王聽信了宰相的讒言，要殺竇本，竇本說砍了他的頭以後，請把頭顱放在盤子上，他要陪國王看一本奇書，第六頁有祕密。頭砍下來放在盤子上，果然還能開口跟國王說：「怎麼不看書呢？」書頁黏在一起，國王用手指沾口水翻書，翻到第六頁，什麼字也沒有。他問竇本的頭顱說字在哪裡（還有臉問！），結果頭顱大罵國王暴虐無道，說書上有毒。國王氣絕身亡，頭還在繼續罵。（詳見選文二）

五四運動之後，國語課本全面改用白話文。商務印書館卻在一九二四年重新出版奚若譯本，由葉聖陶校注，列入「中學國語文科補充讀本」。葉聖陶專門教人寫作白話文，但他也大力讚賞這個文言版本：

> 我們如其欲欣賞古文，與其選取某派某宗的古文選集，還不如讀幾部用古文而且譯得很好的翻

譯小說。

這個譯本運用古文，非常純熟而不流入於腐，氣韻淵雅，造句時有新鑄而不覺生硬，只見爽利。……像這樣明白乾淨的文字，又富於情趣，讀者總會發生快感。……所以我們如果不抱著傳統的家派的觀念，要讀一點古文的東西，像這個譯本應該是很好的材料。

以下就讓我們來看看幾篇連白話文運動大將也讚賞的文言小說。這裡選錄兩篇故事：

選文一

《天方夜譚》結構繁複，大故事包小故事，這篇〈鹿妻〉是「棗核彈」系列故事中的一篇，說是某商人在樹下吃棗子的時候，往空中吐棗核，觸怒魔怪（魔怪說自己的兒子被這棗核射中眼睛而死，還真是口說無憑）。三個路過的老人因而分別講故事給魔怪聽，希望他息怒。第一個講故事的老人帶著一隻鹿，他說那隻鹿原是他的髮妻。趁他出遠門的時候，以法術把小妾和庶子變成兩隻牛，更趁祭祀的時候，要丈夫親手殺了牛母子，真是心狠手辣。後來東窗事發，另一個會法術的女子，把撿回一命的庶子變回人形（條件居然是要這個庶子娶她為妻！好女孩！），把主母變為鹿。悍妻無子，謀害小妾和庶子，這種故事古今中外都有，並不稀奇。但一般做丈夫的都會把妻子休了、殺了或「打入冷宮，永不相見」吧！這個故事裡的丈夫卻對妻子一片深情：先是為她求情，要求媳婦饒她一命。魔女媳婦把她變為一隻鹿以後，仍殷殷照顧，出門還怕沒有人照料他的鹿妻（應該是怕他前腳一走，後腳一群義憤填膺的僕人就把主母變成鹿肉乾吃了吧），自己一路帶著。這應該是真愛吧。

鹿妻（The Story of the First Old Man and of the Hind）

叟曰：

此鹿為予中表妹，當髫歲，即歸予為室，凡卅閱寒暑，無所出。予雖不弛愛，不能無念嗣續，因納婢為簉室[7]。未幾舉一子，頗雄偉。而予妻妒予妾及子，陰蓄叵測心，第佯為喜愛，不露幾微圭

7 簉（ㄗㄠˋ）室：側室，妾。

角，予因是未及察。逮予子十齡，予將有遠行，歸必匝歲，即以妾若子託予妻。妻慨諾，且云「必善顧護」。

熟知余行後，妻即圖洩積忿，往習魔術成，偽偕予子出遊。至僻所，呪以術，子化為犢。曳歸，謂購得者，豢諸庖。尚欲甘心於予妾，復術呪之，使為牝牛，亦付烰人[8]蓄之。比余歸，妻陽[9]拭涕告予，以妾疾沒，子失三月，跡不得，意若甚戚者。予聞言，淚潸潸下。以吾子為真失，覓久無端倪。

無何，婆蘭齋[10]期至，予命遴畜牛之最肥者以為犧。烰人以牝應。牝鳴甚哀，兩眶淚若繩墮。予駭且憫，令易他牛來。而予妻力阻曰：「舍此不宰，所畜更無肥腯[11]矣。」

予以祀事不可廢，乃操刀前，將剚牝項。牝觳觫[12]悲鳴不已。予心惻，乃釋刀，謂烰人曰：「睹此牛哀恐狀，予實不忍，以屬汝。」

8 烰（ㄈㄨˊ）人：廚師。
9 陽：偽裝，表面上，通「佯」。
10 Bairam 或 Bayram，今譯「宰牲節」，紀念亞伯拉罕獻其子給上主，當日習俗必宰牛羊分給窮人。
11 腯（ㄊㄨˊ）：肥胖。
12 觳觫（ㄏㄨˊ ㄙㄨˋ）：因恐懼而顫抖。

焒人舉刃竟殺之。是牛生時甚肥茁，比宰剎，則肉驟縮不可得，唯餘筋骨。予大愕曰：「棄之。」謂焒人曰：「有肥犢亦可。」

俄犢至，見余則囓絕其繫，伏予膝下，舐予足，目仰視予，有慘色，若苦欲言不得。予不覺酸楚，亟曰：「善豢此犢，以他牛代。」

妻曰：「物命等耳，胡重此而輕彼？此犢肥，又何事他擇？」

予不得已，方執刃，犢益熟視予面，横流涕，狀益惻怛可憫。予握頓弛，刃墮地，謂妻曰：「必活此犢，予五中欲碎矣！」

妻不懌，謂余藐祀事。余不為動，姑曰：「以待來年。」犢於是得不死。

翌晨，焒人潛語予曰：「有事白主人。予有女，諳魔術，昨予牽犢歸，女見之喜，旋復泣。詰其故。曰此犢為主人子，幸其不殺，故喜。惟所宰牝牛即其母，故悲。蓋主母妒其母子，乘主人出，以術呪使為牝牛犢子耳。」

予大驚，立詣犢所。犢見復婉轉哀鳴，作依戀狀。須臾，焒人之女來，余詢以能解否。曰：「能。惟二事，期必許：一以予耦若子；二，假予處置權，用以懲妒。」

予曰：「可，使予子復為人，必娶汝，並使汝富。彼婦陰狠，懲之當，惟貸一死耳。」

女曰：「諾，當以所處若子者處彼。」

言竟，以水一盆，戟指書符，口喃喃誦呪，舉水潑犢，犢仆。一旋轉間，復其形，果予子也。急抱持，驚且喜，曰：「汝不幸受術禁，賴此女得復為人，父子得相見，此何如大德！予已與此女約，令汝妻若。汝當從予言，即日成婚禮。」

予妻大恚，謂女以魔術偽為子形，以欺紿[13]圖坐享；並申申詈。女即以盂水灑予妻，妻踣地，作聲呦呦然，則嶄然角其首，已化形為鹿矣。即隨予後者是。居亡何，女歿，予子出遊，歷數載未返。予念之切，躬蹤跡，懼是鹿無託，故與偕。

選文二

這個故事在〈記竇本〉的一套故事中，描述竇本之死。而〈記竇本〉又是漁翁說給魔怪聽的故事之一。〈頭顱語〉很長，包括上文那段太子遇妖、宰相被殺的故事。宰相說到後來，國王被說動了，

13 紿（ㄉㄞˋ）：欺騙。

要殺賓本，理由是「為炫藝圖謀者戒」。以下就是國王殺賓本、自己也送命的一段故事。這篇寫國王的無情和貪奇心態十分出色，賓本死前請求稍緩，國王還說「不要拖時間了，有什麼話，反正你的頭還可以講」（即有言，有汝頭在），真是無情至極。結局大快人心，有點唐傳奇的味道。

頭顱語（The Story of the Greek King and the Physician Douban）

（前略）

王命一衛士召賓本至，曰：「汝知召汝意乎？」

曰：「未知。」

曰：「所以召汝者，欲戮汝！」

賓本愕然曰：「臣以何罪干死刑？」

曰：「廷臣奏汝陽來已[14]予疾，實欲致予命；汝罪不赦。」即下令曰：「趣斷其首！」

14 已：止住。如「死而後已」。

竇本知王入饞人言，為所愚，乃大呼曰：「臣已療陛下疾，而以賜死報，陛下獨不知為譖[15]人所播弄乎？親小人者非國之幸，臣竊為陛下危。」

王曰：「毋多言，必戮汝，為炫藝圖謀者戒。」

竇本見左右將持之下，乃瞋目怒視，眦[16]欲裂。左右稍辟易[17]。竇本復請於王，乞歸田里，不可。乞盡籍其產以贖，不可。乃曰：「乞賜臣苟延一日命，歸別妻子，並所蓄禁方，向秘不示人者，願公諸世；更有一秘冊，尤奇異，擬供乙覽[18]，當亟料量[19]之。」

王怒稍解曰：「何書珍奇若此？」

曰：「試繙[20]閱此書，至第六葉之左方第三行，則知吾頭雖斷，仍能與陛下語。」

王欲觀其異，命衛士從至其家監視。時內外聞竇本語，爭喧傳，詫為未有。翌日，群官及百執事

15 譖（ㄗㄣˋ）：毀謗。
16 眦（ㄗˋ）：眼眶，也寫成「眥」。《史記．項羽本紀》：「頭髮上指，目眥俱裂。」
17 辟易：退開。
18 乙覽：皇帝閱覽文書稱「乙覽」。
19 料量：安排，處理。
20 繙：翻閱，同「翻」。

皆集。俄竇本挾一巨冊至，索槃[21]一，並脫書套授王曰：「吾首墜，置之槃，亟以書套承頸，則血止。可取書閱如法，臣之首尚足答明問也。然臣無罪，雖臨命，願稍緩須臾，惟陛下鑒憫。」

王亟欲聞其死後言，益迫欲殺竇，曰：「汝徒事煩乞，吾志已決，汝其速即刑；即有言，有汝頭在。」

衛士承旨，前揮刃，頭落槃，頸血潮湧，亟蒙以書套，血乃不溢。視頭顱，則頷著槃底，目灼灼流矚，睫猶瞤瞤[22]然。俄啟齒曰：「盍閱吾書？」

王啟書觀，看首次二葉相切不析[23]，即以指蘸舌上津開之，至第六葉，則素紙無字迹。顧問頭顱曰：「字安在？」

答曰：「再繙則見。」

王仍蘸指繙如前，突體中大震，暈然而仆。頭顱厲聲曰：「汝擅作威虐，使予無罪而就戮，予豈甘枉死！此書葉有毒藥，已入汝腹，汝必死。今而知為君上者聽譖言，施暴酷，刑殺無辜，不旋踵自

21槃：盛水的木製托盤。
22瞤（ㄕㄨㄣˋ）：眼皮跳動。
23析：分開。

食其報。此亦天降之罰，以儆殘虐，特假予手以示在廷[24]，後之在位者尚慎旃[25]。」語畢，王已絕，頭顱仍蠕蠕動，俄作太息聲，目瞑而色變矣。

冷氏的英文譯本*The Thousand and One Nights* (1839)。

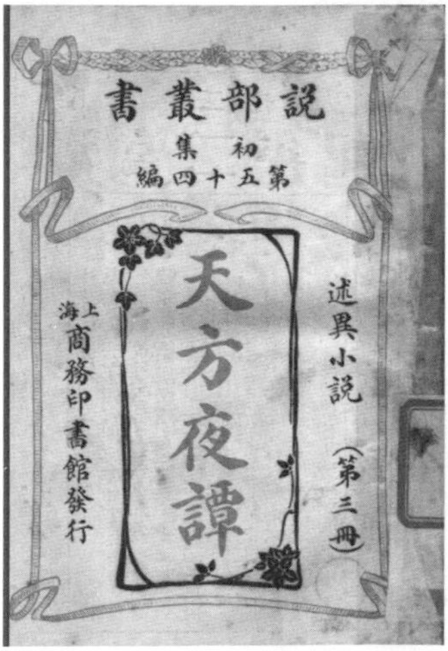

上海商務說部叢書版（1914）。

24 在廷：指朝臣。

25 旃（ㄓㄢ）：之。「尚慎旃」就是「尚慎之」的意思，千萬小心。《詩經：魏風》：「上慎旃哉，猶來無止。」

臺灣商務臺一版（1966）。

四

文言的格林童話
《新庵諧譯》（一九〇三）和《時諧》（一九〇九）

十九世紀初的德國格林童話，今日早已成為全人類共享的文化財產，很難想像沒聽過「白雪公主」、「青蛙王子」、「睡美人」的小孩了。

格林童話在二十世紀初開始有中文譯本。最早翻譯格林童話的譯者，和天方夜譚一樣，都是周桂笙。一九〇三年出版的《新庵諧譯初編》收錄了十五個故事，其中十二個出自格林童話，包括〈蝦蟆太子〉（青蛙王子）、〈狼羊復仇〉（狼和七隻小羊）等；一九一四年出版的《新庵筆記》中也有一篇〈黠婢〉（聰明的格麗特）出自格林童話。

周桂笙的翻譯有點加油添醋，例如〈蛤蟆太子〉的開頭：

> 上古之世，人有所欲求之即得，吾有證焉。嘗有一國王，生公主數人，皆國色也。而少者尤妍麗無儔，光艷獨絕，置於日光之下，日光亦似憐其艷而自掩其曜。古所謂閉月羞花，沉魚落雁者，不足專美於前矣。王宮左側，有茂林焉。古木森森，幽深邃密，中有曲水，迴環左右。水清冽漣漪，有若醴泉。時際炎夏，溽暑方盛，少公主因翩然入林，就泉畔作逭暑計。覺風靜鳥寂，萬籟無聲，一人獨坐，意殊無聊。因探囊出金彈丸，頻頻向空際拋擲以自遣。偶一擲，失之太偏，搶接不及，墮地，如跳珠於草面旋轉，坡地頗欹側，遂入水中。公主雖目見之，而無如何

也。泫然久之，至於泣下。

收錄在《時諧》（一九〇九）中的〈蛙〉則樸素直白許多：

> 夕陽將下，暮景蒼茫。一幼稚之公主，閒步入林，坐涼泉之側。手中執一金球，投空而上，復張手承之，以是為娛。此金球固公主所心愛者。已而投球愈高，公主承之，偶不慎，球忽墮地，輾轉而入於池。公主奔視，則池水深深，渺不見底，不知球沉何許矣。

公主聽完青蛙開出的條件之後，〈蛙〉裡的公主只在心裡罵了句：「賤蛙言何荒悖！」；〈蛤蟆太子〉的公主卻嘮叨了一大串：「蕞爾妖魔，居然妄想享人世間之艷福，是真所謂癩蝦蟆想吃天鵝肉矣，一何蠢耶！」

周桂笙和《時諧》譯者都沒有交代根據的版本為何。我根據《時諧》的選文和內容，比對出譯者根據的是第一個英文譯本，即泰勒（Edgar Taylor）的《德國流行故事》（*German Popular Stories*, 1823/1826）。由於泰勒譯本相當自由，而且根據的是格林童話的最早版本，與後來的格林第七版定本差異很大，所以如果以德文定本與《時諧》對照，當然會覺得莫名其妙；但若以《時諧》比對泰勒譯本，則是相當忠實的譯本。

而周桂笙的譯本是否忠實於德文原作呢？一九三二年，魏以新根據德文翻譯的全譯本《格林童話全集》這段是這樣翻譯的：

在希望尚可成為事實的古代，有個國王，他的女兒們都美麗，可是最小的尤其美麗，即以太陽而論，它看見過的東西可算極多了，然而一見了她也要驚訝。在王宮附近有一座廣大而黑暗的森林，森林內一株老菩提樹下有一口井。到了天氣很熱的時候，小公主便走到林邊，坐在清涼的井邊。若是她無聊時，就拿一個金球拋到空中，再用手接著，這是她最喜歡的玩意兒。

有一次，那個金球沒有落到公主伸於空中的手裡，卻打到地下，一直滾到水裡。公主跟著去看，可是球不見了，那井又深得看不見底。於是她開始哭了，聲音越哭越大，簡直不知道安慰自己。

魏以新（一八九八－一九八六）畢業於德國人創辦的上海同濟醫工專門學校，之後在同濟圖書館任職四十年，是個老圖書館員。他的格林童話是在德國語言學家歐特曼教授（Prof. Othmer）的指導下翻譯出來的，連德國方言都能解讀，相信很接近德文原版。看起來周桂笙的版本的確相當接近德文的寫法。周桂笙是讀上海中法學堂的，可能藉助年代較晚的英文譯本或法文譯本轉譯。例如一八五五年戴維斯（Matilda Louisa Davis）的英譯本*Home Stories collected by the Brothers Grimm*，一開頭是：

> In the olden time, when wishing produced its effects, there lived a king, whose daughters were all beautiful, but the youngest was so pre-eminently beautiful that the Sun, which beheld so much, was astonished at her loveliness whenever he shone in her face.

但雖然周桂笙比較接近德文結構，卻很喜歡增加中文成語典故，「閉月羞花」、「沉雲落雁」、「醴泉」都是，甚至為了要用上「癩蝦蟆想吃天鵝肉」這句中文俗語，把故事中的「蛙王子」改成「蝦蟆太子」。

至於青蛙受騙，在王宮門口吟詩找公主，魏以新的翻譯是：

小公主，
給我開門，
你不知道，
你昨天在清涼的井邊，
向我說的話嗎？
小公主，
給我開門。

雖然分行寫，可見原文是用了詩的格式，但其實沒有什麼詩味，實不如《時諧》的「卿卿試開門，開門納情郎，莫忘當日語，寒泉碧樹旁」來得討喜。而周桂笙並沒有用詩來翻譯，反而又多加了中文的典故：「公主昨既許我，今豈忘之？寧飲水而瘦，毋食言而肥也。」

不過，雖然周桂笙有時過於花俏，下面這段公主與蛙的互動，翻譯得相當生動：

公主不得已，親往啟扉而納之。返身而入，憎惡之色形於眉睫。而蝦蟆緊隨於後，未嘗須臾離也。公主既歸座，蝦蟆即大呼曰：「椅高，我不得登，請舉之。」公主顧而之他，若弗聞也者。王強之，始憤然取而置之於側座。蝦蟆一躍已登桌，遽據金盤而食焉。食畢，顧謂公主曰：「今當抱我入妝閣，置錦衾中與子同夢矣。」公主聞之，恚且悲，不覺淚涔涔下，心惴惴然，不知如何而後可。而王殊不謂然，竟謂之曰：「厥物雖小，既能助兒，則爾必不能棄之也。」公主不得已，強伸纖指取之，匆匆登樓，置於門側牆隅，然後揭帳解衣擁衾自臥。未幾，蝦蟆曰：「我亦睏倦久矣，其速舉我至床，與爾共休息。不然，我將告諸爾父王也。」公主聞之怒不可遏，憤然披衣起，就床前拾蝦蟆，向壁間奮力擲之，且言曰：「蠢物！今爾當閉口，毋溷乃公也。」

除了公主口出「毋溷乃公」（別擋你老子）有點過於粗魯之外，其他細節讀來頗有趣味。

《時諧》從一九〇九年開始在《東方雜誌》上連載，共譯出五十六篇故事。一九一五年出版單行本，收在商務印書館的「說部叢書」，但不管是《東方雜誌》或「說部叢書」都沒有署名譯者，唯一的間接證據來自於一九〇六年鄭貫公的《時諧新集》，自序中提到：「僕幾度東遊，半生西學。……既編日報，復輯時諧」，因此目前研究都只能假設譯者就是鄭貫公（一八八〇—一九〇六）。鄭貫公，廣東人，十六歲隨親戚赴日在太古洋行工作，後來赴香港辦報，以香港報人聞於世，可惜一九〇六年因染時疫過世，年僅二十六歲。

周桂笙（一八七三—一九三六），上海人，中法學堂肄業。兩人年代相近，一在香港一在上海，都用文言文翻譯，兩人譯作高下相若，只是根據的英譯本不同罷了。有些學者認為周桂笙的譯本遠勝《時諧》，是以德文原文為準繩所做的評斷，而沒有考慮到兩人採用的英譯本不同所致。只是兩人選材差異甚大，兩人都有選譯的僅有〈青蛙王子〉和〈聰明的格麗特〉兩篇。以下各選一篇：周桂笙的〈黠婢〉和《時諧》的〈杜松樹〉。

選文一

此篇收錄在周桂笙的《新庵譯屑》下卷，出自格林童話編號77的〈Hans and His Wife Grettel〉。此篇《時諧》亦有收錄，名為〈葛樂達魯攫食二雞〉，故事略有差異，大概是因為根據的英譯本不同所致。〈葛樂達魯攫食二雞〉全文收錄於《當古典遇到經典：文言格林童話選》（聯經出版）。

黠婢

田舍翁某，家小康，性愚而騃。有時或發獃性，則不可以理喻。灶下婢葛氏者，本庖人女，年少而黠，酷喜杯中物，且饕餮殊甚。然亦惟知味，故調羹弄饌有專長，秉家學也。

一日，主人折柬邀某某二客，至家午餐，命備佳餚。葛氏奉命惟謹，羹饌外別宰二雛雞製焉。火候既至，而客蹤杳然。葛乃告於主人曰：「妾今日特備鐵排小雞二，已成熟如初寫黃庭，恰到好處[1]，及時不食，殊可惜也。」

主人曰：「善，會當親往邀之。」遂匆匆命駕出。

葛返身入房，見日已加未[2]，因念自朝迄今，勤勞未息，佳客不來，未免負人。至是忽覺燥渴不可耐，遂傾酒自酌，意殊適然。一盞既盡，客不至如故。至廚下，則異香滿戶，芬芳觸鼻，聞之不禁饞涎滴地，不克自持。推窗四望，闃焉無人，知主人猶未歸也。意存染指，聊解饞脗[3]。乃啟釜先取

1 初寫黃庭，恰到好處：比喻行事恰到好處。〈黃庭經〉是晉人習小楷的字帖。
2 未：時辰的名稱，下午一點到三點。
3 脗（ㄨㄣˇ）：同「吻」，嘴脣。

雞翅，食而甘之，漸及兩足，寖假[4]而尾去矣，寖假而首亦去矣。

既而出外四觀，毫無影響。默念主人此去，必轉為所留，反客為主，故至今不歸。且恐歸時已夜深矣。思竟，怡然自得，且斟且酌，愈飲愈豪，放膽大嚼，無復顧忌。不須臾而二雞盡。

亡何，主人歸，則已杯盤狼藉矣。而主人不知也，猶狂呼備饌，曰：「客將至矣！」已乃磨刀於石，其聲霍霍然，將及鋒而試，為瓜分雞雞計也。

少焉，二客果連袂偕來，翩翩而入。忽見婢倚窗竭力揮手，狀殊驚惶，曰：「客休矣！速毋入，入則兩耳將不能保！蓋主人今日騃性大作，所以亟亟邀諸公來者，甯為請客計，不過欲割公等之耳耳！豈不聞主人磨刀之聲，猶霍霍其未已耶？」

客傾聽良是，知其素有騃性，亦遂信而不疑，急抽身返。婢見計得行，復入誑主人曰：「主人今日所請，果佳客哉？」

翁驚問何故。曰：「婢方和盤而出，以饗主人，不意特備之雞雞，忽為二客各攫其一而去。」

翁聞之爽然[5]。自念予因候客之故，忍饑以待，豈可任彼盡攫以去，使我偏枯。乃急持刀追之，

4 寖假（ㄐㄧㄣˋ ㄐㄧㄚˇ）：逐漸。
5 爽然：失意茫然的樣子，爽然若失。

見客去猶未遠也，大聲呼止，而遙伸一指示之，其意將謂請還我一雞也。二客見其白刃在手，亟亟追來，以為將各割一耳也，奔走愈速。歸家後，猶各惴惴然，自撫其兩耳云。

選文二

此篇〈杜松樹〉收錄在《時諧》下冊，譯自泰勒《德國流行故事》第二冊，英文篇名為〈The Juniper Tree〉。這篇故事收錄在格林童話定本第47號，講一個心地險惡的婦人，不但殺繼子，還嫁禍給親生女兒。

杜松樹[6]

昔有一富翁娶婦後，伉儷甚篤。逾年，尚未得子。室前有園，園中植一杜松樹。時值隆冬，天方

6 杜松樹：Juniper tree，常綠針葉喬木，柏屬，今譯刺柏。雌性毬果早期譯為杜松子，可作為苦味香料，可釀杜松子酒（今譯琴酒）。這篇故事在魏以新的譯本中名為〈檜樹〉。

雪。婦立於杜松樹之下，舉刀削萍果，傷一指，血點點灑雪上，鮮紅殷然。婦顧而嘆曰：「使吾有一孩，而白似雪，赤似血者，則其樂為何如矣！」言次，興采頗高，以為必有遂心之一日。

光陰迅速，忽忽又逾一年。自春徂夏，而秋又至矣。金風圭月[7]，景象淒清。杜松樹果熟且紅，纍纍下垂。婦徘徊其下，手摘一果，心中忽有所感，淒然呼其夫而謂之曰：「他日妾死，即請葬妾於此杜松樹之下，慎勿忘也。」

無何，婦分娩舉一兒，果如婦願，此兒貌殊姣好，如血之赤，如雪之白。婦見之，樂極，一笑而絕。其夫遂葬之杜松樹之下。初頗悲泣，時久則亦漸忘。厥後乃續娶一婦。

婦入門一年，又誕一女，名曰馬迦利[8]。婦愛馬迦利甚，而深惡其前妻所出之兒，意蓋欲取其夫之財，盡畀[9]其女。故虐待其子滋甚，或加詛咒，或施撻楚，手段至為狠毒。其子畏之如虎。每晚自學校歸，輒逡巡門外，不敢遽入。

一日，其母在室，幼女趨前曰：「吾母，可賜兒萍果一枚？」

7圭月：未圓的秋月。
8原文為Margery。
9畀（ㄅㄧˋ）：賜與，給予。此字在粵語中仍為常用字。

其母曰：「唯。」言時，即啟櫝取一鮮紅之苹果與之。此櫝有一蓋，厚且重，蓋上裹以鐵皮，鋩[10]利若刃。

女得苹果，則又曰：「吾母，請更賜一枚與阿兄。」

其母顧不願聞，但姑應曰：「唯，吾兒。彼若下校而歸，亦當得一枚。」言時，引瞻窗外，則小童已歸。心中斗生一計，急奪其女手中之苹果，投之櫝而緘其蓋。謂女曰：「爾姑去。」

女出，小童已及門。其母乃作慈善之聲呼曰：「吾兒趣入！吾當畀若一苹果。」

小童曰：「謝母。兒正思得一枚苹果也。」

其母曰：「然，則爾從吾來。」

遂引童子入，揭櫝蓋而謂之曰：「爾可自取其一。」童子方探首入櫝，未及取苹果，其母突下其蓋，砰然一聲，蓋驟闔，童子之頭遂立墮。其母見童子已死，意頗自得，乃入寢室，取絹帕一方，合童子之頭於頸上，以帕周裹之。復負其尸，坐諸門側之椅中，兩手執一苹果。人驟見之，莫之能覺。

少頃，馬迦利入廚下，則見其母方倚火作羹。馬迦利曰：「吾母，阿兄坐於門前，手執一苹果。

10 鋩（ㄇㄤˊ）：稜角。

吾乞彼以萍果遺我，彼不我答，而面色慘白，殊駭人也！」

其母曰：「悖哉！兒更往向之索萍果。彼如不答，則摑其耳。」

俄而馬迦利返，哭告其母曰：「阿兄不與我萍果，吾摑其耳，而阿兄之頭墮矣！」

其母曰：「噫！馬迦利！爾奈何作此事！顧事已若是，末如之何[11]。但爾切勿以此事語爾父。」

及暮，其父歸而御餐，問曰：「吾兒安在？」

其婦不答，往來具[12]餐如故。馬迦利則垂首暗泣，不能仰視其父。其父又問，婦始答曰：「吾意彼殆適伯氏家矣。」

父曰：「彼既出門，胡乃不先我告？」

母曰：「彼曾請於我，謂將赴伯父家勾留數時。爾毋念也。」

父曰：「唉，吾不願聞，彼不先我告，必不出行。」

語次，遂就食，而狀仍以其子為憂，曰：「馬迦利，爾何故悲泣？吾則頗以爾兄為憂，惟冀其速

11末如之何：無可奈何。

12具：準備，排列。

返耳。」

馬迦利噤不能言。少頃，潛起出室，取一方精美之錦袱，力束其兄之尸，負之出門。竟日悲啼，埋諸杜松樹之下。既畢，心似少寧，啼亦止。

自是杜松樹日益茂盛，鬱鬱蒼翠，枝葉相交，如人鼓掌歡樂之狀。一日，樹中忽昇起片雲紅光耀射，彷彿如烈火一團。少焉，一美鳥自火中出，長鳴一聲，破空而去。鳥既去，而錦袱所裹之童尸，亦隨之以去。惟樹景猗猗如前，馬迦利覩此，心中不勝歡忭，以為阿兄殆已重生矣。

鳥去，止於一冶金工人之屋顛。歌曰：「有母戮其子，傷哉誰見憐。幸有阿妹在，負尸松下埋。吾今且徜徉，一山一壑間，天空任我之，君看閑不閑。」

金工方坐肆中，手製一金鍊將畢，聞鳥歌，大驚異，急奔至門外。仰視則見一鳥，高棲屋顛，毛羽斑斕作五色，光華耀日。

金工曰：「吾之良禽，胡歌聲清婉乃爾！請為我更奏一章。」

鳥曰：「吾不能徒歌而無所獲。使爾以手中金鏈相贈者，則當更為爾歌之。」

金工曰：「鏈在是即以贈爾。」鳥飛而下，舉右爪攫鏈起，仍至屋顛，歌曰：「有母戮其子，傷哉誰見憐。幸有阿妹在，負尸松下埋。吾今且徜徉，一山一壑間，天空任我之，君看閑不閑。」

既畢，鳥又飛往一履工之家，高坐屋脊，唱歌如前。履工聞之，奔出屋外，以手蔽日而視，且呼曰：「吾妻！試視之，是何佳鳥，乃歌聲清脆若是。」

其妻聞聲出視曰：「噫，異矣！是鳥胡絢麗，而又戴一黃金之項環！」

履工呼曰：「鳥乎！請再一度此曲！」

鳥曰：「可，但爾必有物以贈我，我方為爾歌之。」

履工曰：「吾妻趣入肆，取彼最精美之紅履來。」

履至，履工曰：「吾之良禽，請即以此為贈。」鳥下，舉左爪攫履，仍飛止屋顛，歌曰：「有母戮其子，傷哉誰見憐。幸有阿妹在，負尸松下埋。吾今且徜徉，一山一壑間，天空任我之，君看閑不閑。」

歌已，一爪攫履，一爪攫鏈，飛而止一菩提之樹上，作歌如前。磨者二十人聞之，皆輟工奔出，爭欲一聆此妙音。俄而磨坊主人亦至，呼曰：「鳥乎！爾歌聲清婉極矣，盍再為我一歌。」

鳥曰：「爾苟以一磨石贈我者，我即為爾歌之。」

磨主人曰：「唯，當如命。」即令磨者二十人，以長竿繫一磨石，舁至鳥旁。鳥即伸頸入磨心之穴，肩之起，飛止樹間，為之更歌一曲。

既畢，奮翮而起，一爪攫鏈，一爪攫履，頸上則肩一磨石，立飛歸其家。此時父母及馬迦利方圍坐就餐。其父曰：「吾今日心中胡舒泰也。」

其母曰：「吾則不然，有大風潮將至。」馬迦利則嘿嘿13無言，垂首而泣，心中覺煩懣甚。

若鳥既至，廻翔而集於杜松樹之顛。歌曰：「有母戮其子，傷哉誰見憐。」

其母急以手掩耳，不欲聞之。顧耳畔有聲，如猛惡之風潮，雖欲不聞而不可得。其父則聞而異之曰：「噫！是何鳥也，胡歌聲清麗乃爾！」

鳥又歌曰：「幸有阿妹在，負尸松下埋。」馬迦利聞之，仰天長嘆。

其父曰：「吾將出而觀之。」

其母呼曰：「唉，毋往。吾覺吾一人獨坐，災禍且至。」

其父不聽，既出，鳥歌不已曰：「吾今且徜徉，一山一壑間，天空任我之，君看閑不閑。」

鳥歌訖，降金鏈於其父之項。其父佩之，喜甚，返室而言曰：「試觀之！鳥賜我以黃金之鏈，瑰麗且精，誠美品也。」

13 嘿嘿（ㄇㄛˋ ㄇㄛˋ）：即默默。

其婦駭甚，身顫而冠落，幾仆於地。鳥歌又作，馬迦利曰：「吾亦將出而視之。」

語已出室，而鳥降紅履於其前。女納履，大小適合，不勝喜悅，入告其母曰：「母乎！請觀此精美之紅履。鳥以是賜我，我樂何如！」

於是其母起曰：「噫！吾亦試出而視之，彼將何以遺我？」

婦甫出，鳥振翮而起，盤旋空中，突降磨石於其頂，頃刻間粉骨碎身死矣。其父及馬迦利聞聲奔出，則見濃煙突起，烈焰飛騰，張目而一無所覩。少焉火熄，則小童已盈盈立於其前，執其父及馬迦利之手，入室共餐，天倫重聚，其樂無極云。

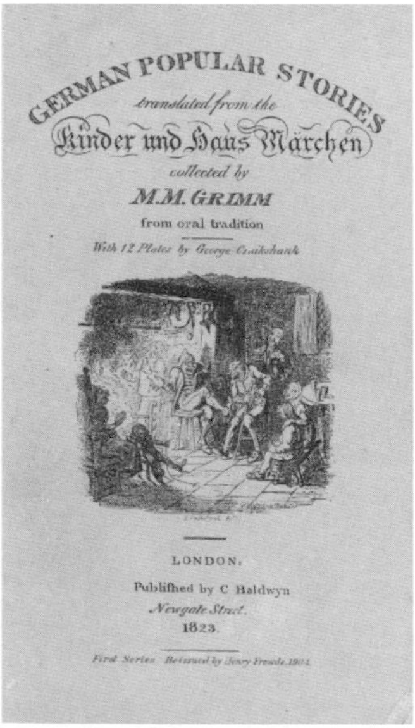

泰勒譯《德國流行故事》。

上海商務說部叢書版（1914）。

五

雨果戲曲
東亞病夫《銀瓶怨》（一九一四）

法國文豪雨果（Victor Hugo），在清末時有「囂俄」、「預勾」等譯名。最早翻譯雨果作品的是魯迅，他在一九〇三年用文言文翻譯了〈哀塵〉（譯自雨果的隨筆，就是《悲慘世界》中芳婷的原型）：

> 時方一月九日，雪花如掌，繽紛亂飛。……囂俄鵠立路隅，以待馬車之至。……瞥見一少年，衣裳麗都，俯而握雪，以投立路角著短領衣之一女子之背。女子忽驚呼，奔恶少而擊之，少年亦反擊，女子復答之，於是兩人鬪益烈。以其益烈也，瞬間而巡查至。巡查皆競執此女子，而不敢觸少年。

蘇曼殊也在一九〇三年用章回白話翻譯了《慘世界》（悲慘世界），不過沒有譯完。但早期翻譯雨果最多的還是筆名「東亞病夫」的曾樸（一八七二－一九三五）。曾樸是清末舉人，後入同文館習法文，認識住過法國十多年的外交家陳季同，在陳季同的指導下閱讀了許多法國文學作品，曾下決心要翻譯雨果全集。後來翻譯了小說《九十三年》、《鐘樓怪人》劇本和多種雨果劇本，*Angelo*即為其一。不過現在大家最記得曾樸的，是他自己創作的譴責小說《孽海花》。

*Angelo*是雨果一八三五年的作品，一九一四年在《小說月報》上連載[1]時，劇名為《銀瓶怨》，一九三〇年單行本改題《項日樂》，為*Angelo*的音譯（曾樸為江蘇人，應是方言發音）。原故事敘述巴鐸（Padua）總督Angelo的情婦Thisbe（狄四娘），與總督夫人同時愛上一個男子，但為了償還母恩，以安眠藥代替毒藥，救了情敵總督夫人。情人誤以為狄四娘毒死了總督夫人，憤而殺了狄四娘，之後總督夫人醒來，情人才知自己鑄下大錯。初名《銀瓶怨》是因為安眠藥和毒藥都裝在小銀瓶中，是很好的劇名。但後來改成音譯《項日樂》就不怎麼討好，初看完全不知道是什麼意思，再說項日樂也不是主角，不合乎中文命名原則。後來張道藩在一九三六年又根據《項日樂》改寫為《狄四娘》，就比較合理，畢竟真正的主角是狄四娘才對，敢愛敢恨，發現情敵是恩人之後立刻設局救人，成全一對戀人，真是俠骨柔情。張道藩把整齣戲搬到中國民初，大致依照曾譯，只是把威尼斯改為北京政府時期的天津，本來狄四娘的媽媽唱的是取笑威尼斯的小曲，因而惹來殺身之禍；張道藩改為革命黨取笑北京政府的小曲。

1 張道藩說印象中是在一九〇六或一九〇七年間所譯，在《上海時報》逐日發表。但我找到最早的版本即為一九一四年《小說月報》上連載的〈銀瓶怨〉。

曾樸的翻譯，舞臺指示是文言的，但角色對白都是白話，應該可以在舞臺演出。不過張道藩還是認為演出不易，而改成中國故事：

（曾）譯文對話不甚通俗，且以經濟關係，對於服裝布景等均不能按照義大利當時（十五世紀）情景設備，故不能使觀眾得深切之了解。惟在現在之話劇界，經濟大都缺乏，莫謂不能照著設計從事設備，即能，若由一般不慣西人（尤其古代人）生活，不懂西人風俗之演員演出，亦不易使人滿

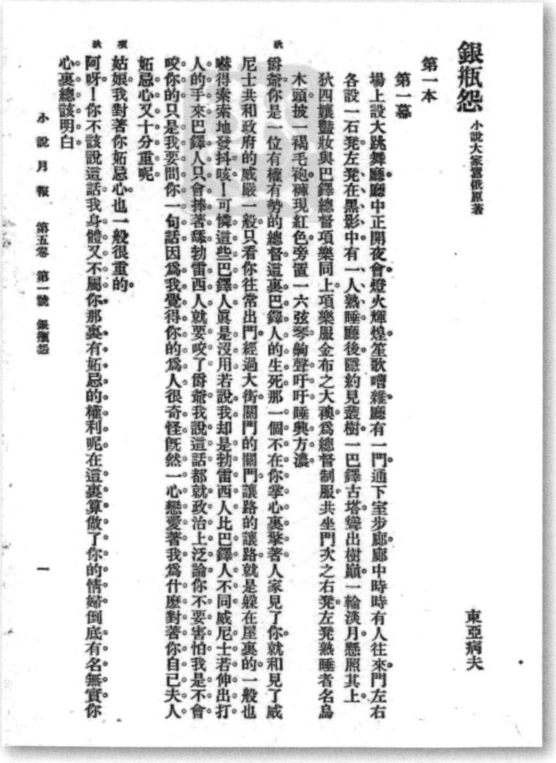
銀瓶怨　小說大家嚣俄原著　東亞病夫

第一本

第一幕

場上設大跳舞廳廳中正開夜會燈火輝煌笙歌嘈雜廳有一門通下室步廊廊中時時有人往來門左右各設一石凳左凳在黑影中有一人熟睡廳後隱約見叢樹一巴鐸古塔聳出樹巔一輪淡月懸照其上狄四攘豔妝與巴鐸總督項樂同上項樂服金布之大襖爲總督制服共坐門次之右凳左凳熟睡者名烏木頭披一褐毛袍襯現紅色旁置一六弦琴鼾聲吁吁睡興方濃

狄　爵爺你是一位有權有勢的總督這裏巴鐸人的生死那一個不在你掌心裏擎著人家見了你就和見了威尼士共和政府的威嚴一般只看你往常出門經過大街關門的關門讓路的讓路就是躲在屋裏的一般也嚇得索索地發抖咳！可憐這些巴鐸人眞是沒用若說我却是勃雷西人比巴鐸人不同威尼士若伸出打人的手來巴鐸人只會捧著孫勃雷西人就要咬了爵爺我說這話都就政治上泛論你不要害怕我是不會咬你的只是我要問你一句話因爲我覺得你的爲人很奇怪既然一心戀愛著我爲什麼對著你自已夫人妬忌心又十分重呢

須　姑娘我對著你妬忌心也一般很重的

狄　阿呀！你不該說這話我身體又不屬你那裏有妬忌的權利呢在這裏算做了你的情婦倒底有名無實你心裏總該明白

小說月報　第五卷　第一號　銀瓶怨　一

曾樸在《小說月報》連載的《銀瓶怨》。

意。故不如改譯成一中國故事，不惟便於演出，而且使觀眾易於了解。

張道藩的改譯，是為了讓國立戲劇學校（在南京）公演。當時曾樸已經過世，張道藩係得到曾樸之子曾虛白的同意而改譯。張道藩留歐多年，在法國習畫，所以他的改譯也參照了法文劇本，雖然對曾樸誠摯地表示敬意，但「譯本中之對話與原文意義有不合者，根據法文原本改正」。劇本中並說明：「本劇曾於民國二十五年五月一日、二日、三日，由國立戲劇學校學生在南京香鋪營中正堂劇場第一次上演。」包括當時導演、演員名冊都留下紀錄。

以下錄一段比較《銀瓶怨》和《狄四娘》的差異：

曾樸譯本：

狄四娘：爵爺，你且莫著急。看你可憐，我告訴了你真話罷。想你給我要好

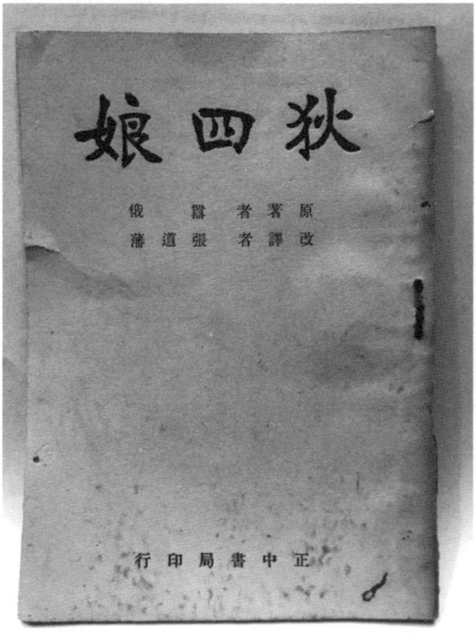

張道藩根據曾樸譯本改編的《狄四娘》。

了許多時，我的家世，祇怕還不很明白。我原是勃雷西[2]窮人家的女兒，我的娘，是箇年青寡婦。說起來，真傷心煞人，一身無主，四壁蕭然。全靠著沿街賣唱，博人家賀聲彩，賺幾箇辛苦錢，娘兒兩箇，度這眼淚洗面的苦日子。哪裡知道禍福無門，有一日，我娘在梅拉丹的石象[3]腳臺下，唱著一支小曲；這支小曲，是一個外國公使做來取笑威尼士[4]朝貴的，可憐我娘一些不知道，要討人歡喜，想多弄幾箇錢，倒格外的高唱入雲起來。巧了，那當兒恰遇著府尹排道而來，聽得箇飽，看了我娘幾眼，就吩咐跟他的甲必丹[5]道，抓下這婦人來，立處絞刑。爵爺！你想威尼士的法律不是頑的，祇一聲吆喝，那些如狼如虎的從人，就把我娘簇擁上刑場去了！那時，我娘祇有抱著我哭的份兒，手裡還挈箇十字架。這十字架，是鍊銅製成，上面還刻著我的名兒。

2 Brescia，義大利北部城市名，今譯布雷西亞。
3 Status of Gattamelata，位於巴鐸（今譯帕多瓦）廣場上的一個著名雕像，為 Gattamelata 將軍騎在馬背上的英姿。巴鐸與威尼斯是同一個行政區。
4 Venice，即威尼斯。
5 Captain 的音譯，上尉。

張道藩譯本：

狄四娘：大人，你不要著急。看你也怪可憐的，我把真話告訴你罷。你雖然跟我要好了許久，可是我的家世，恐怕你還不很明白呢。我本來是廣州一個窮人家的女兒，我的娘很年青的時候就做了寡婦。說起來真教人傷心。可憐她一身無依無靠，全靠帶著我沿街賣唱，賺幾個辛苦錢過活。娘兒兩個，窮年累月的都是過這種眼淚洗面的苦日子。哪裡知道老天爺還不可憐我們，有一天，我娘在街上唱著一支小曲子，原來是革命黨們做來取笑北京政府的。可憐我的娘哪裡知道，一心一意只想討人歡喜，想多弄幾個錢，倒格外的高聲唱了起來。說也巧極了，正在那個當兒，恰巧遇到縣官路過聽見了。把我娘恨恨的看了幾眼，就吩咐他的衛隊把我娘抓住，硬說他是宣傳革命，立刻要拿去槍斃！大人，你想那些人還有什麼道理可講的？只聽得一聲「抓起來」！就如狼似虎地把我的娘捆綁到殺場去了。那時候我的娘沒有法子解脫，衹抱著我放聲大哭。她手裡拿著一座觀音，這座觀音背面還刻著我的名字。

從這段可以看出行文差異並不大，只把西方地名「勃雷西」改為「廣州」，把「威尼士朝貴」改成「北京政府」，「甲必丹」改為「衛隊」，「絞刑」改為「槍斃」，「十字架」改為「觀音」；帶有異國情調的地標「梅拉丹石像」則消失了。

張道藩和曾虛白戰後都來了臺灣。張道藩雖是藝術家，卻當了六年的立法院長。曾虛白則擔任過中央通訊社社長及政大新聞系主任。

選文

前情提要：總督的情婦狄四娘，發現自己所愛的羅道佛[6]和總督夫人白妲麗[7]從婚前就是一對愛侶，只因白妲麗被總督強娶而拆散。現在兩人重逢，羅道佛進了總督府與白妲麗私會，狄四娘得到密報，趕來「捉姦」。羅道佛躲進祈禱室，白妲麗裝睡。這幕完全是狄四娘與白妲麗兩人對話，十分緊張。

6 Rudolpho.

7 全名為 Caterina Bragadini。看來曾樸只取姓氏音譯。

第二日第五幕

門闢，狄四娘上。面作蒼白色，手執一燈，徐步入室。四矚室中，至案旁，見新滅之燭，察之若甚注意者。

〔狄〕燭上餘煙，還沒散哩。

（回首見床，疾趨前，揭帳視之。）

〔狄〕嚇！算是一箇人，還妝睡哩！

（巡行室中，探索門與壁幾遍。）

〔狄〕這裡是他丈夫的房門。

（以手背微叩祈禱室）

〔狄〕這裡還有一門。

（白妲麗作驚醒突起狀，戰栗視四娘。）

〔白〕你是誰？

〔狄〕誰嗎！告訴你說，就是總督爺的情婦。為著有事，照顧他的夫人來了。

〔白〕天哪！你說的哪一門的話。

〔狄〕好箇八面威風的總督夫人！好箇千人欽敬萬人崇拜的貴族婦人！我是箇戲園裡的女兒，你們常常叫做女優的，今天可要得罪了。要把你握在手裡，放在腳下，抓得稀爛，踹得粉碎哩！你們這些貴婦人，當著人，千貞萬烈，背地裡什麼事都幹，倒還要眼珠兒裝在額上，瞧不起人呢！老天有眼，也有一天落在我手中。休想我放過你。噲！太太你家裡藏著情夫，還敢正眼覷著我嗎？

〔白〕太太你……

〔狄〕耍賴哩。

〔白〕你說謊呀！

〔狄〕你不承認，可惜你的安樂椅倒先承認了。他就坐在那裡，還留著移動的痕跡呢。你們在那裡千歡萬樂，一箇說愛，一箇說憐，多有趣呀！

〔白〕我不懂你的話。

〔狄〕你們這些太太們，真不值錢。論起來，不如我們遠哩。我們雖是箇女優，卻是上不瞞天下不瞞地，愛給哪箇男人說話兒，總是青天白日，當著大眾，響響朗朗的說。誰似你們鑽在黑地裡，鬼鬼祟祟似的。老實說罷！我奪了你的丈夫，你卻奪了我的情人。今日我與你勢不兩立來！你這沒行止假正經的婦人！我們鬬一鬬手段，看是誰利害。一身做事一身當，我從來不曉得欺騙一人。請你自己想，你騙了大家，騙了家裡，騙了丈夫，還騙了天主哩。虧你往常還帶著面網到聖堂裡去，低著頭，俯著身，口口聲聲，向上帝求福哩！我勸你免了罷！揭開你的面網，裡面藏著假面；揭開你的假面，裡面還藏著一張說謊的嘴呢！你是總督的夫人，我是總督的情婦，今天要叫你死在我手裡。

〔白〕太太這這算……

〔狄〕他在哪裡呢？

〔白〕誰？

〔狄〕他！

〔白〕我一箇人在這裡，真是一箇人。你問我的話，全然不懂，倒把我嚇得要死。我又不認得你，祇管反對我，好像給你有什麼關係來著。

〔狄〕自然有關係；沒有關係，我就來嗎？你道你是貴夫人，我是女優，不該這樣；你要曉得，我跟你一般的美貌，我心裡懷恨著你，我就罵得你，羞辱得你。快快告訴我那人在哪裡，叫什麼名字，我等著要見他哩！哈哈，我想著你那妝睡的樣兒，真是活羞煞人。

〔白〕哎呀，天哪！太太你要知道……

〔狄〕我知道那邊有箇門，那人一定在裡面。

〔白〕那是我的祈禱室，一樣東西也沒有，哪裡有人呢？太太你要知道，有人要算計我，特地把話來騙你的。我是箇退時孤立的人，常常隱形滅跡，不見一人的。

〔狄〕你隱在面網裡。

〔白〕那裡面，只有一箇跪凳，幾本祈禱書。

〔狄〕還有一張假面。

〔白〕我情願發誓，沒有藏著人。

〔狄〕藏著一張說謊的嘴。

〔白〕太太……

〔狄〕你不必說這些癡話了。祇看你那紙白的臉色，就是犯罪的鐵據；要不然，你早鐵錚錚的發怒了。你敢對我發怒嗎？

（言至此，忽見露臺上一大衣棄置於地，即趨往拾之。）

咦！你還抵賴嗎？這裡有一件大衣。

〔白〕天哪！

〔狄〕這不是一件男人的大衣嗎？可惜這些大衣，是普通用的，認不出誰的來。你快快說出這男人的姓名！

〔白〕叫我哪裡知道。

〔狄〕這裡是你的祈禱室嗎？你給我開了。

〔白〕為何呢？

〔狄〕我也要祈禱天主。開！快開！

〔白〕我的鑰匙丟了。

〔狄〕你不肯開嗎？

〔白〕我沒有鑰匙。

〔狄〕你的丈夫一定有的。

（即向內部大門，呼曰：）

〔狄〕爵爺，項日樂！項日樂！

（白妲麗疾行，立其前，力挽之）

〔白〕你不要到那裡去，去了那就是害我了。太太，總求你可憐我一點。略等一會兒，待我慢慢兒告訴你。從你一來，就把我嚇糊塗了。說的話，十停[8]裡沒有聽得一停。我實在沒有藏著一人，太太一定誤聽了旁人的說話了。那說話的人，太太雖然沒有說給我是誰，我倒曉得了：那人是箇秘密偵探，極可怕的。

他騙著太太，害著我，我們大家是婦人，比不得男人，都是狠心。請你慈悲一點，不要太助了惡人；等到我冤死了，你曉得緣故，再後悔已來不及了。

求你此時，萬萬不要喚醒我夫；他一醒，我就沒命。你祇為不曉得我的處境，若然曉得，祇怕還要哀憐我呢！我實在不是有罪，不謹慎些，是有的。

我是沒了娘了，你祇可憐我是沒娘的女兒，不要去那門邊。我求你呀，我求你呀！

〔狄〕我不能聽你。不！不聽！爵爺！爵爺！

8十停：十成。《紅樓夢》：「十停人倒有八停人都說，他近日與啣玉的那位令郎相與甚厚。」

〔白〕啊呀！天主！你等一等！你難道不知道他要殺我哩！等我一秒鐘，讓我禱告天主。

（指跪凳上懸壁之銅十字架曰：）

你看我要上那裡跪禱哩，就在那十字架前。

（狄四娘目注十字架。）

你要祈禱，就跪在我的旁邊，好嗎？祈禱之後，若然你一定要我死，天主也不管。那衹好由你擺佈罷！

（狄四娘忽變色，向壁疾行，立取十字架於手中。）

〔狄〕這十字架你從哪裡得來，誰給你的？

〔白〕這十字架嗎？你問它則甚？

〔狄〕這十字架怎麼到你手裡，你快說！

（是時露臺旁，一食案上，猶留一半明不滅之殘燭，四娘攜十字架就燭察之。）

〔白〕那十字架，是一箇貧婦給我的。架的下面，還刻著一箇認不得的字，叫做什麼狄四娘呢。那箇婦人，本要治死罪，是我向父親求恩，把他赦了。那時我還很年輕，隨著我父親在勃雷西府尹任內哩。太太求你可憐，不要害我，那箇婦人給我這十字架，還說要靠它報我恩呢。你問的話，我已全說了，但是說它何益呢！

（狄四娘聞語，狀至悲楚。）

〔狄〕天哪！我的娘！

（忽聞內部大門豁然啟。項日樂服褻衣上。白妲麗返床次，面若死灰，微呼曰：）

〔白〕我夫來了！完了！完了！

六

乾淨俐落的譯筆
陳汝衡的《坦白少年》（一九二三）

不知道凡爾太就比是讀二十四史不看史記，不知道贛第德就比是讀史記忘了看項羽本紀。……這是一部西洋來的鏡花緣，這鏡裡照出的卻不止是西洋人的醜態，我們也一樣分得著體面。

——徐志摩

一九六八年，臺北的海燕出版社出了一本《福祿特爾小說集》（作者Voltaire，今譯伏爾泰），沒有署名譯者，其實這是陳汝衡（一九〇〇—一九八九）譯的，一九三五年上海商務出版。戒嚴期間，陳汝衡仍在世，出版社依法不署大陸譯者姓名出版。原作收有民初名教授吳宓寫的〈福祿特爾評傳〉及三篇小

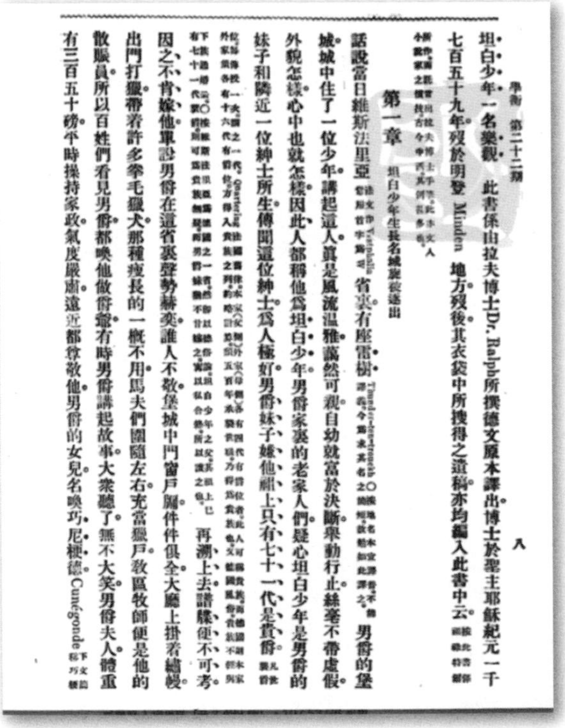
學衡 第二十二期 八

坦白少年一名樂觀 此書係由拉夫博士Dr. Ralph所撰德文原本譯出博士於聖主耶穌紀元一千七百五十九年歿於明登Minden地方歿後其衣袋中所搜得之遺稿亦均編入此書中云

第一章 坦白少年生長名城被逐出

話說當日維斯法里亞省裏有座雷樹Thunder-ten-tronckh男爵的堡城城中住了一位少年講起這人眞是風流溫雅藹然可親自幼就富於決斷舉動行止絲毫不帶虛假外貌怎樣心中也就怎樣因此人都稱他爲坦白少年男爵家裏的老家人們疑心坦白少年是男爵的妹子和隣近一位紳士所生傳聞這位紳士爲人極好男爵妹子嫌他祖上只有七十一代是貴爵 再溯上去譜牒便不可考因之不肯嫁他單說男爵在這省裏聲勢赫奕誰人不敬堡城中門窗戶牖件件俱全大廳上掛着繡幔出門打獵帶着許多拳毛獵犬那種瘦長的一概不用馬夫們團隨左右充當獵戶教區牧師便是他的散賑員所以百姓們看見男爵都喚他做爵爺有時男爵講起故事大衆聽了無不大笑男爵夫人體重有三百五十磅平時操持家政氣度嚴肅遠近都尊敬他男爵的女兒名喚巧尼梗德Cunégonde 下文簡稱巧梗

《學衡》22期上的〈坦白少年〉，登第一章到第十五章。

說，最有名的是*Candide*，陳汝衡譯為〈坦白少年〉，另外兩篇是〈查德熙傳〉（*Zadig*）和〈記阮訥與柯蘭事〉（*Jeunnot et Colin*）。

*Candide*出版於一七五九年，全名是*Candide, ou l'Optimisme*。Candide即英文的Candid，有坦率、直言不諱之意，在此作中為主角名字，所以陳汝衡譯為「坦白少年」，傅雷譯為「老實人」，是用意譯。而徐志摩的「贛第德」、孟祥森的「憨第德」則是音譯。作者伏爾泰託言此書是一位德國作家Dr. Ralph所寫，他得到遺稿再譯為法文，其實只是小說手法，書當然是伏爾泰自己寫的。全文是篇寓言，「全書大旨，專務攻詆萊布尼慈[1]之樂觀哲學……故坦白少年一書又名樂觀主義」（陳汝衡譯者序）。書中有位班格羅（Pangloss，意思是全是廢話）教師，奉行萊布尼茲學說，相信我們所在的世界即為盡善盡美的世界。坦白少年從小全心信服班格羅，無奈命運多舛，離合悲歡皆無定準，最後所有人在種種磨難之後避居田園，班格羅還要大發議論證明他的學說無誤，坦白少年答道：「尊論妙極，我們還是小心照管我們的田園罷！」

1 Leibniz（一六四六—一七一六），德國哲學家及數學家，曾說過「我們所在的宇宙，是所有可能中最好的一個」。

這篇〈坦白少年〉是陳汝衡讀東南大學英文系時譯的，他根據英文本譯出，老師吳宓再用法文本校改加注，一九二三年到一九二四年間在《學衡》雜誌上分三次連載，署本名「陳鈞」（汝衡為其字，後以字行）。只是一九三五年才與其他兩篇小說合併出單行本；而徐志摩的《贛第德》一九二七年就出單行本了，所以陳汝衡雖是這篇小說最早的譯者，最早出單行本的卻是徐志摩。錢鍾書曾在一九三三年一篇英文書評中稱讚陳汝衡的譯本"excellent"。

伏爾泰此作，傅雷說是「句句辛辣，字字尖刻，而又筆致清淡、乾淨素雅的寓言體小說」，「最忌拖泥帶水」。陳汝衡的譯筆也的確乾淨俐落，很有說書風格：「當日維斯法里亞省[2]裏，有座雷樹[3]男爵的城堡。城中住了一位少年，講起這人，真是風流溫雅，藹然可親。」

又以第一章女主角撞見家庭老師與丫頭偷情的場面為例：

2 Westphalia，位於今德國西北部的區域，今譯西伐利亞。

3 原譯注：「Thunder-ten-Tronckh。按地名本宜譯音。不能譯義。今為求其名之簡短。故勉如此譯之。」徐志摩音譯為「森賓頓脫龍克」，果然冗長難記。不過根據謝金蓉（二〇〇九）的說法，伏爾泰此處故意取一個難念的名字，意在諷刺德文。這樣說來，徐志摩的難念譯法或許保留了比較多的諷刺意味。

有一天，巧梗在鄰近園裡散步，從小樹林裡瞧見班格羅先生，正在和他母親的丫頭，講論實驗物理學。丫頭性情柔順，容貌極其姣好。巧梗小姐本來性喜科學，便屏著氣息，凝目細看那接二連三的實驗，心中恍然大悟，班格羅先生自有充分的理由。小姐參透其中因果，回家來一路沉思，心中十分慌亂，只想去研究科學，盼望坦白少年和自己，彼此各覺得有充分理由，同來研究便好了。

徐志摩譯本：

有一天句妮宮德在府外散步的時候，那是一個小林子他們叫花園的，無意在草堆裡發見潘葛洛斯大博士正在教授他那實驗自然哲學的課程，這回他的學生是她媽的一個下女，稀小的黃薑薑的一個女人，頂好看也頂好脾氣的。句妮宮德姑娘天生就愛各種的科學，所以她屏著氣偷看他們一次又一次的試驗，她這回看清楚了那博士先生的理論，他的果，他的因的力量；她回頭走的時候心裡異常的亂，愁著的樣子，充滿了求學的衝勁；私下盤算她何嘗不可作年輕的贛第德的「充分的理由」，他一樣也可以做她的「充分的理由」。

傅雷譯本：

有一天，居內貢小姐在宮堡附近散步，走在那個叫做「獵場」的小樹林中，忽然瞥見叢樹之中，邦葛羅斯正在替她母親的女僕，一個很俊俏很和順的棕髮姑娘，上一堂實驗物理學。居內貢小姐素來好學，便屏氣凝神，把她親眼目睹的，三番四覆搬演的實驗，觀察了一番。她清清楚楚看到了博學大師的根據，看到了結果和原因，然後渾身緊張，胡思亂想的回家，巴不得做個博學的才女，思忖自己大可做青年老實人的根據，老實人也大可做她的根據。

方瑜和李映萩譯本：

有一天，克妮岡蒂小姐在離宅邸不遠的小樹叢中散步，這小樹叢名叫「庭園」，忽然看見潘格羅斯博士正在一叢灌木後面教她母親的侍女「實驗物理學」，這位侍女是一個長著美麗褐髮，褐眸的少女，她看起來似乎是儒子可教。因克妮岡蒂小姐對科學有很大的興趣，遂屏氣凝神興奮地注視著這個重複不斷的實驗。克妮岡蒂清清楚楚地看見了博士的「充分理由」，也看見了他的因和果。在一種既煩亂又深思的心境之下，她向歸途走去，全身充滿著一試的慾望，同時，也幻想著自己很可以成為年輕贛第德的「充分理由」，而贛第德也可以成為她的。

孟祥森譯本：

有一天，當克妮岡蒂在城堡附近，他們叫做園林的小樹林裡散步的時候，她看到了潘格羅斯博士在灌木叢下；他正在給她母親的一個女僕——一個非常迷人的又肯聽話的淺黑女孩——上實驗物理學。由於克妮岡蒂小姐天生就傾心於科學，因此屏氣凝神的注視著那一而再、再而三反覆進行的實驗；她清清楚楚看到了博士的充分理由，看到了因，又看到了果，神情恍惚的回到了宅院，渴望著知識，夢想著自己可以做那年輕的憨第德的充分理由——而後者也可以做她的。

最後兩個譯本的翻譯腔很重，像「而贛第德也可以成為她的」這種沒有完成的句子，或是插入句型「一個非常迷人的又肯聽話的淺黑女孩」，都拖慢閱讀的速度。節奏感也以陳汝衡的譯本最佳，引人入勝，讓人很想再繼續看下去：

可巧那日巧梗小姐回家，路上卻遇見坦白少年。小姐忽然紅暈雙頰，少年也覺羞愧難當。小姐勉強喚了聲早安，少年胡亂回答了一句，口裡講著，心裡還不知說的什麼。第二天午飯才用過，兩人一同到了屏風後面，小姐把手帕墜地，少年就一把拾起。小姐握住少年的手，少年得意洋洋的吻了他一下。一會兒，兩人口對口兒，四隻眼睛，止不住灼灼發光，下面膝部顫動，雙手摸索起來。不料這時男爵從屏風邊經過，看見這番因果，不禁大怒。就狠狠地把少年後身踢了一下，逐出大門。

陳汝衡是江蘇揚州人，後來任教於上海戲劇學院，當過余秋雨的老師。他從小愛聽說書，後來也以戲曲學家知名，譯作並不多。另外一個譯本是《君》，譯自馬基維利的*Il Principe*（今多譯為《君王論》）。*Candide*既是十八世紀的寓言，〈坦白少年〉略帶古風的說書體正好極為合拍，又比林紓那一輩的文言易讀。以現代翻譯學界的術語來說，陳汝衡的譯本是相當歸化的譯本。但從魯迅以降，中文的翻譯一直奉異化為主流，以模仿原作為圭臬，兩岸皆如此，以至於走歸化路線的譯者常被忽略。《學衡》又予人保守、守舊的印象，難怪這個譯本不受重視。其實吳宓、陳汝衡的中外文都極好。謝金蓉在一篇論文中指出傅雷的〈老實人〉有一處誤譯：水手雅各說「他到過日本四次，好比十字架上爬過四次」。其實這裡是指日本鎖國時期的「踏繪」，並非比喻[4]。最早的〈坦白少年〉就譯

4 謝金蓉，〈一個「老實人」在中國的旅行〉，《外國語文研究》第十期，二〇〇九。

對了：「記得我航行日本四次，踐踏十字架受磔像，亦有四次。」雖然是從英譯本轉譯，卻比傅雷的法文直譯本還準確。

陳汝衡自己曾在一九八〇年代初期，詢問上海譯文重新出版〈坦白少年〉的可能性；但上海譯文認為已有徐志摩的譯本而婉拒，實在可惜。如果他知道臺灣在一九六〇年代還翻印過他的譯本，會不會稍慰老懷？

選文

第十七章　坦白少年主僕至黃金國[5]及在彼間之所遭

前情提要：坦白少年因與小姐戀愛被逐出城後，在歐洲各地流浪，後來因緣際會，在西班牙參軍，參加討伐巴拉圭某耶穌會士的軍隊而抵南美洲。這章描述坦白少年與其僕從葛甘波[6]，闖入傳說

5 El Dorado，傳說中的黃金國。徐志摩音譯為「愛耳道萊朵」。
6 原文為 Cacanbo。葛甘波母親為南美洲混血，所以他有四分之一西班牙血統。坦白少年在西班牙當軍官時，葛甘波為其隨從，跟著他坐船回到南美洲。

中的祕魯黃金國。這國家人民視黃金如沙土，諷刺意味十足，讀來頗有〈桃花源記〉或《鏡花緣》的趣味。

……兩人搖著船，行了許多里，看兩岸上有時鮮花盛開；有時寸草不生；有幾處光滑平坦；有幾處崎嶇峻峭；行得愈遠，覺得河面愈廣。一直走到一處洞口，大石巍峨，兩岸從上連接，其高插天。這河到此地步，陡然狹小，鑽入洞中。兩人仗著膽，順流穿進洞來。其時水勢湍急，聲如雷吼，好不怕人！整整的過了二十四點鐘，好容易再見著日光。這獨木船卻在石面上一撞，成為幾塊了。兩人只得在那一塊一塊的巖石上，爬行了數里，後來纔來到一處大平原。四周群山環繞，連亘不斷。這地方出產甚豐，凡人生必需之物，一應俱全；而且質醇形美，動人愛悅。大路上來往許多車輛，都是輝煌燦爛的材料製成，結構精巧。裡面坐的男女，異常美秀。拖車子的全是高大的紅羊[7]，行走如飛，便是安達留、特端、米克乃[8]等地所產的快馬，都趕他不上。

7 原譯注：「南美洲所產之臘馬。類羊。」臘馬就是 llama，現在譯為駱馬或大羊駝。

8 Andalusia，西班牙地名，今譯安達魯西亞，以產西班牙純種馬著名。Tetuan 和 Mequinez 都是摩洛哥古城，今分別譯為締頭萬和梅內克斯。

坦白少年道：「此地要比維斯法里亞[9]還好了。」就和葛甘波離了河岸，走入眼前一所村莊裡。村口有幾個小孩子，正在那兒投環作頑耍，衣服襤褸，一片片掛在身上，卻都是上好錦緞織成。兩人一見，心中樂不可支。小孩子手裡頑的環，是大而圓的片子，顏色或黃或紅或綠不等，極為奪目。當時就在地上拾了幾片，你道什麼鐵環，原來都是翡翠瑪瑙金剛寶石等物。內中極賤的幾塊，便做蒙古王寶座上的裝飾品，也足足配得上的。葛甘波道：「在這兒玩耍的孩童，定是國王的兒子。」

正說著，村中教書先生走出來，把那些孩子一齊喚入學堂。坦白少年道：「那先生想是宮中的師傅了。」這班衣衫襤褸的小孩子，登時不頑了，把那環子和其他玩具，一齊撇在地上，掉首不顧。坦白少年趕忙上前，一一拾起，追著那教書先生，恭恭敬敬的鞠了一躬，把拾起的環子給還他。並做出許多手勢，意思要說，太子親王們遺掉寶物，我特地撿來送還。那教書先生微笑了一笑，將東西扔在地下，把坦白少年從頭至腳，打量一番，口中嘖嘖稱奇，隨即轉身又走開了。

坦白少年主僕二人仍舊把地下的那些金珠寶石拾起，坦白少年道：「這是什麼地方呢？這國王的兒子能把黃金珠寶，都看作糞土一般，如此高尚其志，可見得教養功夫的完備了。」

9 即坦白少年的家鄉。

葛甘波也自詫異，一路前走，進入村中。第一所碰見的房子，形式堂皇巍峨，無殊歐洲帝王的宮殿。大門口擁著一大群人，裡面人數更多。這時便聽見極精緻的音樂，又是一陣一陣的甜香美味，從廚房裡送出來。葛甘波走到門首，聽見裡面的人講的是秘魯國話。葛甘波生在土庫曼10一個村裡，那地方的人，都只講秘魯話，所以這時耳中聽見的正是他的鄉音。當下就對坦白少年道：「這家一定是客店，我替你翻譯，我們進去罷。」

說著迎面來了兩名堂倌，兩個丫頭，都穿著黃金衣服，頭上戴著金珠釵環。招呼二人進入飯廳坐下，端上來的是四色不同的湯，每人盤裡兩隻嫩鸚鵡，另外便是一大盤鷹肉，秤起來足有二百磅重。還有兩隻極美味的烤猴，一盤子裝著六百隻大蜂雀，一盤子裝著六百隻小蜂雀。此外尚有粉糕，餃子等各種細巧點心，一齊盛在透明的水晶盤裡。堂倌們不時的斟酒，酒都是甘蔗汁釀成，種類頗多。在那裡喫飯的客人，大都是小販子商人和車夫之類，舉止溫文。問了葛甘波幾句話，卻都出語極其謙和。葛甘波問著他們，也恭恭敬敬的回答。

一會兒，喫完了飯，兩人心想今番盛饌，付鈔不可不豐。就把從地下拾起的黃金，撿那頂大的兩

10 Tucuman，今譯圖庫曼，為阿根廷的一省。

塊丟下。誰知店主夫婦一見大笑不止，笑得撐著兩脇，前仰後合，過了一會，好容易方纔忍住。那店主尊聲先生，開言道：「二位是異鄉生客，不懂我們這邊的規矩。拿鋪路的石子來付帳，真怪不得我們笑了。不過還得請二位原諒纔是，二位既沒帶我們國裡通用的銀錢，便在這裡喫飯，也無需付鈔。這些飯店，都由政府出錢設立，專為來往商人便利的。我們這個村子極窮，所以今天飲食招待，都很欠缺。像二位一表人物，若走進別處館子，一定好好的受人奉承。」

葛甘波就把店主一番話，翻出來給坦白少年聽，少年聽了，也不由得十分納罕。彼此說道：「此間是什麼國度，人情風俗，件件與我們那邊不同。全世界上恐怕還不知道有這一國呢？要說世界上必定有事事完美如意的所在，那一定是此地無疑了。因為班格羅先生雖然說得好，維斯法里亞那邊，不如人意的事情卻是太多了。」

第十八章　坦白少年主僕二人在黃金國所見

前情提要：坦白少年主僕二人問了店主許多問題，店主帶他們拜訪附近一位耆老，解釋此國由來。原來此國國主是印加帝國王裔，帝國滅亡時，留守此地的親王命所有國民不准遷徙他方，四面高山險峻，歐洲人遍尋不著，因而能得享安寧。這當然是祕魯黃金國的傳說，到一九九〇年代都還有探險隊在找黃金國所在。也頗有近年漫威電影《黑豹》的情調。下面這段文字諷刺歐洲宗教迫害，頗為辛辣。

……彼此談了一陣，又論到此邦的政體風俗藝術戲劇以及婦女狀況等。坦白少年性喜玄學，便問老先生這國裡有無宗教。葛甘波替他翻譯出來，老先生一聽此問，面孔紅了一下。答道：「你問得奇，我們這邊人豈都是毫無心肝，不知感激上帝恩典的麼？」

葛甘波恭恭敬敬地代問道：「這黃金國裡的正教，是哪一教？」

老先生又面紅了一陣道：「難道世上還有兩樣宗教不成？我們每天從早到晚拜的是上帝，想來我們的宗教也就是全世界的人所同奉的宗教了。」

葛甘波恐坦白少年仍然不懂，便逼他一層，問那老先生道：「你們只拜一位上帝嗎？」

老先生道：「何消說得，從來沒有拜三位四位上帝的！你們這班外國人，問的話真是稀奇古怪。」

坦白少年到此意猶未釋，還要問他黃金國人祈禱的禮節怎麼樣。老先生道：「我們無所不有，於上帝無求。祇要謝謝上帝恩典便足，用不著祈禱了。」

少年要會一會這裡的牧師，命葛甘波向老先生問明牧師的地址，老先生不禁微笑道：「朋友，我們這裡人人都是牧師。每天早晨，國王和族長唱謝恩歌，有五六千個樂工陪唱。」

葛甘波道：「這真奇了，僧人不來管你們，教導你們，和你們靳靳11爭辯，肆行狡詐嗎？百姓和僧人見解不合，不捉來燒死麼？」

老先生道：「我們不是獃子，要僧人作什麼呢？我們大家見解相同，像你說的那般僧人，我們真聞所未聞。」

坦白少年聽老先生一番議論，心中非常奇怪。自己尋思道：「此地種種情形，和維斯法里亞雷樹城比起來，確是大大不同。班格羅先生如到過這黃金國，定不說雷樹城是天下最好的地方了。可見得出門閱歷一番，是很有益處的。」

11 靳靳（ㄐㄧㄣˋ ㄐㄧㄣˋ）：固執的樣子。

七

借譯傳情的才子

徐志摩《渦堤孩》（一九二三）

徐志摩能詩能文，浪漫多情，眾所周知。他的翻譯作品雖不多，但都很有他自己的味道，這本《渦堤孩》尤其生動。這是一九二三年出版的，徐志摩在〈引子〉中說：

我一年前看了Undine（渦堤孩）那段故事以後，非但狠[1]感動，並覺其結構文筆並極精妙，當時就想可惜我和母親不在一起，否則若然我隨看隨講，她一定很樂意聽。此次偶然興動，一口氣將牠翻了出來，如此母親雖在萬里外不能當面聽我講，也可以看我的譯文。……因為我原意是給母親看的，所以動筆的時候，就以她看得懂與否做標準，結果南腔北調雜格得狠，但是她看我知道恰好。如其這故事能有幸福傳出我家庭以外，我不得不為譯筆之蕪雜道歉。

徐志摩自己說是在英國念書時，思念母親所譯。但根據夏志清的說法，「徐志摩讀小說時，把他自己和林徽因比作是黑爾勃郎和渦堤孩，把張幼儀比作了培托兒達，這個假定我想是可以成立的。他把《渦堤孩》譯成中文，明說是譯給母親看，其實是借他人之筆，寫了他自己和林徽因的一段宿

1 初版的「很」都寫成「狠」。

緣……譯文引子裡好多次提到『母親』，我敢斷定是影射了林徽因本人。」一九二二年徐志摩在英國翻譯之時，林徽因已經先回中國，的確也是「在萬里外」，所以還真不知道是為誰譯的。

美國經典少女小說《小婦人》一開場，四個姐妹在講自己想要的聖誕禮物時，二姊喬就說自己想要去買一本*Undine*。到底這是什麼樣的一個故事呢？Undine是四大元素（風火水土）中的水靈，原是德國傳說：水靈總是以美少女的形象出現，若與凡人婚配會失去永生，但若這個娶了水靈的男人變心，則水族必取其性命。徐志摩翻譯的是德國作家福開（Friedrich de le Motte Fouguel, 1777-1843）所寫的版本，根據詩人戈斯（Edmund Gosse）英譯本轉譯。故事敘述騎士黑爾勃郎因追求公爵的養女培托兒達，打賭到森林冒險，卻在湖邊的漁翁家中遇見了漁家養女渦堤孩，一見鍾情，兩人成婚，婚後才知渦堤孩並非人類。在湖邊過了幾天神仙般的生活後，

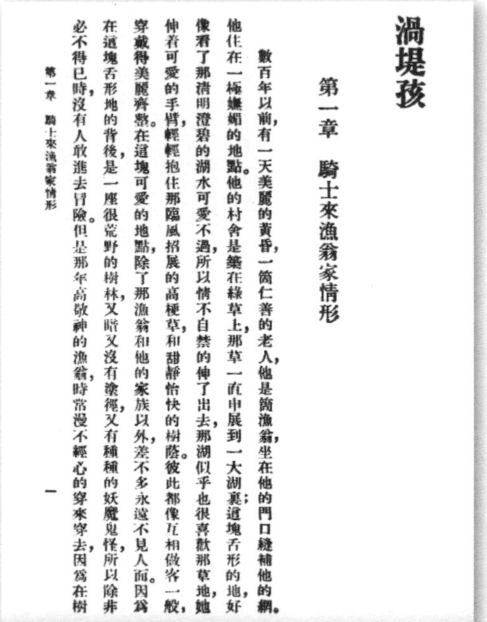
渦堤孩

第一章　騎士來漁翁家情形

數百年以前，有一天美麗的黃昏，一個仁善的老人，他是個漁翁，坐在他的門口縫補他的網。他住在一極嫵媚的地點。他的村舍是築在綠草上，那草一直申展到一大湖裏；這塊舌形的地，好像看了那清明澄碧的湖水可愛不過，所以情不自禁的伸了出去，那湖似乎也很喜歡那草地，她伸着可愛的手臂，輕輕抱住那臨風招展的高梗草，和甜靜怡快的樹蔭。彼此都像互相做客一般，穿戴得美麗齊整。在這塊可愛的地點，除了那漁翁和他的家族以外，差不多永遠不見人面。因為在這塊舌形地的背後，是一座很荒野的樹林，又暗又沒有塗徑，又有種種的妖魔鬼怪，所以除非必不得已時，沒有人敢進去冒險。但是那年高敬神的漁翁，時常漫不經心的穿來穿去，因為在樹

第一章　騎士來漁翁家情形　一

1923年共學社版本首頁。

騎士帶著新娘回城，培托兒達後悔莫及。後來騎士在雙姝間猶豫不定，渦堤孩傷心投河，生死不知，騎士再娶培托兒達。但騎士既然變心，按照規矩就得死，婚禮硬生生變成喪禮。故事相當曲折淒美。

徐志摩的譯筆極有感染力，他筆下的渦堤孩絕美而頑皮，靈動萬分，好像金庸筆下的蓉兒。騎士說到培托兒達如何美貌時，忽覺手指奇痛，原來竟被渦堤孩咬了一口，這裡又像蛛兒了。兩人成婚後進城，在培托兒達的生日宴上，渦堤孩說好要告訴她一個大祕密作為賀禮：

黑爾勃郎和培托兒達都急於要知這渦提孩答應報告的消息，老是望著她。但是她不加理睬，獨自迷迷笑著只當沒有那會事。和她熟悉的人，見得出她歡容滿面，兩葉櫻唇，喜矜矜好像時常要吐露她忍著的秘密，但是她盤馬彎弓故意不發，好比小孩難得吃到一塊甜食，捨不得一起嚥下，含含舐舐，還要摸出來看看。

著名的譯者沉櫻（陳鍈，一九〇七—一九八八）也翻譯過同一本作品，書名為《婀婷》，也是音譯女主角的名字Undine，一九五六年大業書店出版。相較之下，沉櫻的翻譯就比較平淡些：

哈勃蘭和琵達在暗暗忍耐著等候那樁秘密的宣布，一直在望著婀婷。但婀婷還在保持著緘默，只非常滿意地獨自微笑著。所有知道她的諾言的人，都看得出她時刻都在想宣布她那秘密的快樂，同時又盡量拖延著，就像小孩對於特別喜愛的食物，不捨得立刻去吃似的。

結果這個大祕密就是：培托兒達的親生父母，正是渦堤孩的養父母。這時漁人夫婦進了城堡認親，

「是她。」渦堤孩喜得氣都喘不過來，這一對老夫婦就餓虎奔羊似地趕上去抱住了培托兒達，眼淚鼻涕，上帝天父，鬪個不休。但是培托兒達又駭又怒，洒開了他們向後倒退。她正在那裡盼望發現出一對天潢貴胄的父母，來增加她的榮耀，她又生性高傲，哪裡能承認這一雙老憊低微的賤民。

沉櫻的譯文則是：

這樣的一種相認，太損傷她的驕傲了，尤其在她想像中以為親生父母會更增加她的光榮，把她

帶往更高貴的情況中的時候。

後來培托兒達覺得自己處處居於下風，憤而留書出走。徐志摩的信是這樣譯的：

漁家賤婢，安敢忘形。孟浪之罪，無可禱也。遥去窮舍，懺悔餘生。夫人美慧，君福無涯。

這信寫的也有幾分金庸味道。沉櫻則貼近英文：[2]

我羞愧地感到自己不過是一個孤苦漁家女，我很後悔沒有回到我父母的地方。現在我要對你和你那美麗的妻子說再見了。

2 沉櫻沒有說明根據版本，但由所附英譯本查出譯者是柏內特（E. F. Burnett，《小公主》、《祕密花園》的作者），一八八五年出版。

結果騎士去找培托兒達，日久變心，渦堤孩憤而投水，騎士再娶培托兒達。新婚之日，新娘想要用噴泉水化妝去斑，命人搬開花園中堵住噴泉的石頭（上面有渦提孩的封印，意在保護他們，以免水族來取他們性命），結果：

> 泉眼裡迸出一個極高的白水柱。工人們在旁邊正在驚異，忽然覺察這水柱變成了一個素衣縞服白綢蓋面的婦人。她涕泗交流的悲泣，舉起雙手搖著表示哀痛，慢慢兒，慢慢兒下了噴泉台，望城堡正屋走去。一霎時堡裡的人嚇得狂奔的狂奔，狂叫的狂叫，新娘在窗內也嚇得硬挺挺站著，面無人色，她身旁的侍女也都像觸了電一般，動彈不得。等得這形象走近了她房，培托兒達猛然覺得那白綢下的眉目彷彿是渦堤孩。

渦堤孩就這樣一路哀哀地走到騎士房間，抱著他哭，淚水橫流，騎士就死了。後來從墳墓旁「湧起一柱珠泉，潔白如銀，將騎士的新墳澆灑一遍，然後平流到墓地旁邊，積成一個美麗的小潭。」從譯文中可以感覺到徐志摩極愛這個故事，他甚至還在一九二五年把《渦堤孩》改寫成劇本，增加了幾個水靈姐妹「波兒」、「漣兒」、「沫兒」、「溪兒」，還會唱歌跳舞，勸渦堤孩不要嫁人：

「水靈與人婚，靈魂即有主；但有靈魂時，病苦來與俱。流淚如春雨，短嘆復長吁；更不如汝我，終日常歡愉。」可惜這個劇本未完，只寫到第一幕第二景，也就是渦堤孩新婚為止。

徐志摩譯序的最後一段讀來很酸：

現今國內思想進步各事維新，……在這樣一日萬里情形之下，忽然出現了一篇稀舊荒謬的浪漫事，人家不要笑話嗎？但是我聲明在前，我譯這篇東西本來也不敢妄想高明文學先生寓目，我想世界上不見得全是聰明人，像我這樣舊式腐敗的脾胃，也不見得獨一無二，所以膽敢將這段譯文付印——至少我母親總會領情的。

還好他不管當時風行的直譯「進步」風潮，用了「舊式腐敗」的歸化譯法，留下這麼生動的譯文。依照夏志清的說法，這段話是說給林徽因聽的。可不知道林徽因有沒有領他的情？

選文

第十一章　培托兒達[3]的生日

前情摘要：騎士黑爾勃郎[4]追求公爵養女培托兒達，培托兒達要他進森林冒險。騎士進森林後，結識漁家養女渦堤孩，互相愛戀而結婚，婚後方知渦堤孩乃水靈。兩人婚後結伴回城，培托兒達與渦堤孩成為閨中密友。渦堤孩的伯父湖神把培托兒達的身世祕密告訴渦堤孩，渦堤孩非常高興，暗中安排，要在好友的生日宴上公布這個好消息，讓失散多年的父母與女兒重逢。

那天渦堤孩請客，主客都已入席；培托兒達，徧戴珍珠花朵，朝外坐著，光艷四照，好比春季的女神。她的兩旁是渦堤孩和黑爾勃郎，等得正菜喫過，點心送上來時候，德國舊時習慣照例開直大門，好使外邊人望進來看見，是與眾共樂的意思。僕役拿盤托著酒和糕餅分給他們。

黑爾勃郎和培托兒達都急於要知這渦提孩答應報告的消息，老是望著她。但是她不加理睬，獨自

3 Bertalda.
4 Huldbrand.

迷迷笑著祇當沒有那會事。和她熟悉的人，見得出她歡容滿面，兩葉櫻唇，喜矜矜好像時常要吐露她忍著的秘密，但是她盤馬彎弓故意不發，好比小孩難得喫到一塊甜食，捨不得一起嚥下，含含舐舐，還要摸出來看看。黑爾勃郎和培托兒達明知她在那裡賣弄關子，可也沒有法想，只得耐著，心裏怦怦地跳動，靜等這乖乖獻寶。同座有幾個人請渦堤孩唱歌。她很願意，叫人去取過她的琴來，彈著唱道——

朝氣一何清，
花色一何妍，
野草香且榮兮，
蒼茫在湖水之邊！
燦燦是何來！
豈其白華高自天，
跌入草田裾前哉？
呀！是個小孩蜜蜜甜！

蜜蜜甜無知亦無愆[5]，
攀花折草兒自憐，
晨光一色黃金鮮，
鋪徧高陌與低阡。
何處兒從來？蜜餞的嬰孩，
兒從何處來？
遠從彼岸人不知，
湖神載兒渡水來。
兒呀！草梗有刺尌，
小手嫩如芽，
兒切莫亂抓，
草不解兒意，

5 愆（ㄑㄧㄢ）：罪過。

花亦不兒語，
紅紅紫紫徒自媚，
花心開蕤[6]香粉墜，
兒亦無人哺，
飢餓復奈何，
兒以無娘胸，
誰唱羅拉歌[7]。
阿兒初自天堂來，
仙福猶留眉宇間，
問兒父母今何在，
乖乖但解笑連連。

6 蕤（ㄖㄨㄟˊ）：花盛開下垂的樣子。
7 Lullaby，搖籃曲。

看呀！大公[8]昂藏騎馬來，
收韁停旂[9]止兒前，
錦繡園林玉樓台，
兒今安食復安眠，
無邊幸福謝蒼天，
兒今長成美復賢，
唯憐生身父母不相見，
此恨何時方可蠲[10]。

渦提孩唱到此處琴聲戛然而止，她微微一笑，眼圈兒還紅著。培托兒達的養父母公爵和夫人也聽得一包眼淚。公爵很感動，說道：「那天早上我尋到你，你可憐蜜甜的孤兒，的確是那樣情形！歌孃

8 大公：指收養培托兒達的公爵。
9 旂（ㄓㄢ）：紅色的旗子。
10 蠲（ㄐㄩㄢ）：去除。

唱的一點不錯，我們還沒有給你最大的幸福。」

渦提孩說道：「但是你們應該知道那兩老可憐的情形。」她又撥動了琴弦唱道——

娘入房中尋兒蹤，
鼠穴蟲家盡蒐窮，
阿娘淚瀉汪洋海，
不見孩兒總是空。
兒失房空最可傷，
光陰寸寸壓娘腸，
哭笑咿呀猶在耳，
昨宵兒搖入夢鄉。
門前掬實又新芽，
明媚春光透碧紗，
阿娘覓兒兒不見，

滿頭飛滿白楊花。
白日西沉靜暮暉，
鷓鴣聲裡阿翁歸，
為憐老妻猶強笑，
低頭不覺淚沾衣。
阿父知是兆不祥，
森林陰色召災殃，
如今只有號咷母，
不見嬌兒嬉筐床11。

「看上帝面上，渦堤孩，究竟我父母在哪裡？」培托兒達哭著說：「你一定知道，你真能幹，你一定已經尋到了他們，否則你決計不會使我這樣傷心。他們也許就在此地？會不會是……」

11 筐床：方正的床。

她說到這裡，向同席的貴人望了一轉，她眼光停住在一個皇室貴婦身上，她坐在公爵夫婦旁邊。渦堤孩站起來走到門口，她兩眼充滿了極劇的感情。

「然則我可憐的生身父母究竟在哪裡呢？」她問道，說著老漁人和他妻子從門前群眾裡走了出來。他們的眼，好像急於問訊，一會兒望著渦堤孩，轉過去又看著遍體珠羅的培托兒達，兩老心裡早已明白她就是他們遺失的愛女。

「是她。」渦堤孩喜得氣都喘不過來，這一對老夫婦就餓虎奔羊似地趕上去抱住了培托兒達，眼淚鼻涕，上帝天父，鬧個不休。但是培托兒達又駭又怒，洒開了他們向後倒退。她正在那裡盼望發現出一對天潢貴胄的父母，來增加她的榮耀，她又生性高傲，哪裡能承認這一雙老傖低微的賤民。

她忽然心機一動，想不錯一定是她的情敵安排的鬼計，打算在黑爾勃郎和家人面前羞辱她的。她一臉怒容看著渦堤孩，她又恨恨的望著那一對手足無措的老百姓。她開口就罵渦堤孩擺佈她，罵漁翁夫婦是錢買來索詐的。老太太自言自語的說道：「上帝呀，這原來是個惡女人，但是我心裡覺得生她的是我。」

漁翁捻緊了手，低頭禱告，希望她不是他們的女兒。渦堤孩一場喜歡，如今嚇得面如土色，睜大了眼看看這個，又看看那個，她再也料不到有這場結果。

「你有沒有靈性？你究竟有靈魂沒有，培托兒達喂！」她對她發怒的朋友說，好像疑心她在那裡發魘，是失落了神智，想喚她醒來。但是培托兒達愈鬧愈凶，被拒的一對不幸父母爽性放聲大號，看客也都上來各執一是，吵個不休。渦堤孩一看神氣不對，她就正顏嚴色吩咐有事到她丈夫房裡去講，大家都住了口。

她走到桌子的上首，就是培托兒達坐的地方，大家的目光都注著她，她侃侃的演說道：「你們如此忿忿的對她看，你們吵散了我暢快的筵席，唉！上帝，我再也想不到你會得這樣蠢，這樣硬心腸，我一輩都猜不透什麼緣故。如今結果到如此田地，可並不是我的錯處。相信我，這是你的不是，雖然你自己不肯承認。我也沒有話對你說，但是有一件事我要聲明：我沒有說謊，我雖然沒有事實上證據，但是我所說的我都可以發誓保證。告訴我這件事的不是旁人，就是當初將她誘入水去，後來又將她放在草地上使公爵碰到的那個人。」

「她是個妖女，」培托兒達頓然叫了出來，「她是個女巫，她同惡鬼來往！她自己承認的！」

「那個我不承認，」渦堤孩笑道，她滿眼自信力和純潔可敬的神情，「我不是女巫。你們只要看我就明白。」

培托兒達接口說：「然則她造謊恫嚇，她不能證明我是那些賤民的女兒。我公爵的父母，我求你們領了我出這群人，出這城子，他們只是欺侮誣毀我。」

但是高尚的公爵依舊站著不動，公爵夫人說道：「我們總要明白這會事。天父在上，此事若不是水落石出，我絕不離此室。」

於是漁人的妻子走到她旁邊，深深福了一福，說道：「我在你高貴敬天的夫人面前，披露我的心。我一定得告訴你，若然這惡姑娘是我的女兒，她的兩肩中間有一點紫藍的記認，還有她左足背上也有一點。只要她願意跟我出這個廳堂去……」

培托兒達抗聲[12]說道：「我不願意在那個村婦面前解衣。」

「但是在我面前你是願意的，」公爵夫人很嚴厲的說道，「你跟我到那裡房裡去，這仁善的老太太也來。」

三個人出去了，堂上賸下的人鴉雀無聲的靜候分曉。過了一會，他們回了進來，培托兒達面無人色，公爵夫人說道：「不錯總是不錯，我所以聲明今天女主人所說的都已證實。培托兒達的確是漁人夫婦的女兒，大概你們旁觀人所要知道者也盡於此。」爵爺和夫人領了他們養女走了出去，爵爺示意漁人和他妻子也跟了去。其餘都私下議論。渦堤孩一肚子委曲，向黑爾勃郎懷裡一倒，放聲悲泣。

12抗聲：大聲。

八

冠冕堂皇的皇室醜聞

邵挺《天仇記》（一九二四）

莎士比亞的劇本翻譯，從一九二〇年代開始就很多名家嘗試，討論也非常多。《哈姆雷特》（*Hamlet*）又是諸悲劇之首，嘗試的人更多。哈姆雷特王子的母親，在父王猝逝不久後改嫁王叔，是他終日鬱鬱的根源，當然也是《哈姆雷特》這齣劇的一大關鍵。林紓的《鬼詔》就說王子「恥母之失節，居恆怏怏」。這齣戲第一幕第二景以新王的結婚宣告開場，告訴群臣他已娶了長嫂，登基為王。這段話很不容易說出口：該如何把娶嫂這件不光彩的事情，說得冠冕堂皇，讓群臣無言？

邵挺一九二四年的《天仇記》（上海商務），把這段欲蓋彌彰的宣言翻譯得極好，很有王室派頭：

> 朕愛兄黑蒙勒[1]
> 龍馭上賓，追慕猶深，心滋愴悼。薄海臣庶，宜有同悲。
> 唯以常識，制馭哀情，吾人悲戚之中，須自珍重，斯為上智。

1 Hamlet，今譯哈姆雷特。

以故
昔朕之嫂，今朕之后，締結姻緣，贊維軍國。
喜中生悲，歡中低眉。喪中逢吉，婚內啣哀。
欣憂總集，兩者均衡，維后之智，哀而不傷。
慨然承諾，構茲良緣。謹謝上帝，感激無疆。

聲調鏗鏘有力，句句冠冕堂皇，群臣聽得頭昏腦脹，只好諾諾敬表同意。而且又把王后捧得很高：「維后之智，哀而不傷，慨然承諾，構茲良緣。」誰還敢說她閒話？

《天仇記》並不是此劇最早的中譯本。林紓一九〇四年翻譯蘭姆姊弟的莎士比亞故事集，把*Hamlet*譯為《鬼詔》，臺灣日治時期報紙上有仿作《丹麥太子》，但這兩篇都是故事，而不是劇本。一九二一年，留日的劇作家田漢參考坪內逍遙的日譯本，以白話譯出《哈孟雷特》，是最早的劇本翻譯。邵挺譯本雖是文言譯本，卻比田漢晚出。劇名「天仇記」應該是從「殺父之仇，不共戴天」而來，也可看出這個譯本的歸化傾向：中文很少以人名為書名，所以《哈姆雷特》的電影或兒童改寫版常用比較通俗的題名《王子復仇記》，《天仇記》則完全可以當作中國的劇名。

莎士比亞最早全譯本：田漢的《哈孟雷特》（1922）。

1924年邵挺的《天仇記》封面。

田漢譯本（一九二二）最早，卻是白話譯本：

雖說朕的親兄哈孟雷特王的崩御，記憶還新鮮的狠，朕應該把心腸浸在哀戚的淵裡，並且舉國的人都應該各個把那兩道愁眉鎖成一字，但是，理智和情感交戰使朕一面以極賢明的悲哀追念先兄，一面卻又不敢忘做國王的本分。所以髣髴以一種敗殘者的歡樂——一隻眼睛含著笑，一隻眼睛垂著淚，喪禮中舉著歡宴，結婚宴上奏著哀歌，把哀樂兩樣東西等份的秤著——把朕從前的嫂嫂，現在朕的王后，這個軍國裡有王產承襲權的孀婦，娶做妻子；關於這件事情朕也曾隨時廣詢諸卿的高見，多承諸卿屢進忠言，朕深為滿足。

梁實秋譯本（一九三六）文白相間，既有「深為愴悼」、「宜有同悲」、「珍重朕躬」，有些詞語又相當直白，尤其把王后稱為「這承繼王位的女人」，似乎有點失禮：

雖然我的親兄哈姆雷特駕崩不久，記憶猶新，我應該深為愴悼，全國臣民亦宜有同悲，但是，理性與情感衝突，我不能不勉強節哀，於懷念亡兄的時候，不忘珍重朕躬的意思。所以我從前的嫂子，如今的王后，這承繼王位的女人，我現在把她娶做妻子，這實在不能算是一件十分完美的喜事，一隻眼喜氣洋洋，一隻眼淚水汪汪，像是殯葬時享受歡樂，也像是結婚時奏唱悼歌，真是悲喜交集，難分輕重。關於這件事我也不曾拒絕你們隨時進的忠言勸告，我多謝大家。

朱生豪（一九四七）氣勢也比不上邵譯：

雖然我們親愛的王兄哈姆雷特新喪未久，我們的心裡應當充滿了悲痛，我們全國都應當表示一致的哀悼，可是我們凜於後死者責任的重大，不能不違情逆性，一方面固然要用適度的悲哀紀念他，一方面也要為自身的厲害著想。所以，在一種悲喜交集的情緒之下，讓幸福和憂鬱分據了我的兩眼，殯葬的挽歌和婚禮的笙樂同時並奏，用盛大的喜樂抵銷沈重的不幸，我已經和我舊日的長嫂，當今的王后，這一個多事之國的共同的統治者，結為夫婦；這一次的婚姻事前曾徵求各位的意見，多承你們誠意的贊助，這是我必須向大家致謝的。

比較起來，即使是注重音步，講究體裁的詩人卞之琳（一九五八），這段恐怕也沒有邵譯精采：

至親的先兄哈姆雷特駕崩未久，
記憶猶新，大家固然是應當
哀戚於心，應該讓全國上下
愁眉不展，共結成一片哀容。
然而理智和情感交戰的結果
我們就一邊用適當的哀思悼念他

一邊也不忘記自己的本分。

因此，彷彿抱苦中作樂的心情，
彷彿一只眼含笑，一只眼流淚，
彷彿使殯喪同喜慶，歌哭相和，
使悲喜成半斤八兩，彼此相應，
我已經同昔日的長嫂，當今的新后，
承襲我邦家大業的先王德配，
結為夫婦，事先也多方聽取了
各位的高見，多承一致擁護，
一切順利，為此，特申謝意。

「這承繼王位的女人」譯為「先王德配」，語域當然是對了，但留下一句語域太低的「半斤八兩」，是一個敗筆。

周兆祥在博士論文《漢譯哈姆雷特研究》（一九八一）中批評了六個譯本：田漢（一九二二）、邵挺（一九二四）、梁實秋（一九三六）、朱生豪（一九四七）、曹未風（一九四六）、卞之琳（一九五六），認為卞之琳的譯本最好。卞之琳的音組譯法（每行以五個音組翻譯五音步）實承襲自孫大雨。孫大雨是梁實秋的清華學弟，留學美國耶魯大學，曾與梁實秋同在青島大學任教，兩個人都有意翻譯莎士比亞。但梁實秋堅持散文譯法，孫大雨不以為然，曾在課堂上抨擊梁實秋的譯法不行，梁實秋是系主任，一怒之下不發聘書給孫大雨。孫大雨在一九六六年譯完《罕穆萊德》，但運氣太差，遇到文革，文革結束之後，才在一九八七年由上海譯文首印。所以周兆祥在一九八一年出書時還沒有機會批評孫大雨的譯本。以下是孫大雨的譯本（一九六六）：

雖然對親愛的王兄罕穆萊德
下世去記憶猶新，我們正該當
滿心存悲痛，全王國上下如一人，
深鎖著愁眉，蹙一片廣大的哀容，
但周詳的思慮兀自跟感情作戰，

於是我們以適度的悲傷想念他，
同時也沒有遺忘掉我們自己。
所以我們彷彿以殘敗的歡欣——
好比一隻眼含著笑，一隻在流淚，
喪禮中有歡樂，喜慶時又唱悼歌，
使欣喜和悲苦彼此銖兩相稱——
將我們昔日的嫂氏，如今的王后，
我們這勇武的宗邦的襲位王嫠，
取為德配；我們在這件事情上
並沒有排除諸位的高見，且多承
自動來贊助：對列公，我們要致謝。

全劇最有名的「To be or not to be」，邵挺又是怎麼翻譯的呢？他直接挑明哈姆雷特有自盡的念頭：「吾將自戕乎，亦不自戕乎？成一問題矣。」

其他譯本都沒有明寫：

田漢：還是活著的好呢，還不活的好呢——這是一個問題。
梁實秋：死後還是存在，還是不存在——這是問題。
朱生豪：生存還是毀滅，這是一個值得考慮的問題。
曹未風：生存還是不生存：就是這個問題。
卞之琳：活下去還是不活：這是問題。
孫大雨：是生存還是消亡，問題的所在。
方平：活著好，還是死了好，這是個難題啊。
彭鏡禧：要活，還是不要活？這才是問題。

除了梁實秋的解釋與其他人不同，其他各家譯法大都是「生存／活」在前，「毀滅／不活」在後。只有邵挺的「自戕／不自戕」把「to be/ not to be」的順序顛倒。這句難譯的問題在於，「活」和「生存」都不是動作，所以「不活」聽起來就有點別扭。邵挺則把「自裁」動作挑明，又顛倒順序，符合「先肯定再否定」原則，例如：「我是去呢？還是不去的好？」；「妳是買呢，還是不買？」；「這事該做呢，還是不該做？」；「這話能說呢，還是不能說？」；「這人該殺呢，還是不該殺？」非常符合中文語序，讀來自然。

當然，全本文言劇本並不易讀，也不太可能演出。不過，就像古裝歷史劇中皇帝的詔文也常常連用典雅的四字文言，以示皇家風範，這段不得不說邵挺的翻譯最為貼切。像是「薄海臣庶，宜有同悲」八個字，就比「我們全國都應當表示一致的哀悼」或「應該讓全國上下／愁眉不展，共結成一片哀容」、「舉國上下一致流露著哀傷的神色」都來得精簡有力許多。「喪中逢吉，婚內銜哀」對仗工整，也比「像是殯葬時享受歡樂，也像是結婚時奏唱悼歌」聽起來體面得多。而且，劇本本來也有「案頭本」與「演出本」之分，未必都為了舞臺演出而創作；翻譯劇本也自然可以有「案頭翻譯劇本」，純粹供文學欣賞之用。

本文中所有的譯者裡，唯一生平不詳的就是邵挺。連寫博士論文的周兆祥都找不到資料了，恐怕真的很難知道他的身分了。周兆祥對《天仇記》嚴詞批評，認為這種譯法「保守退步」，「邵本莎士比亞的味道極少，又不適宜上演，內容有很多歪曲的地方，可以說是古文沒落之前的仿古董，最多可以拿來作案頭清供，聊備一格。」這話說得有點刻薄。我們固然不知邵挺生平，但看來他可能對古文比白話文還要熟悉，並不能說是「仿古董」。周兆祥的批評，還是從忠實原文的對等角度出發，而且以上演為劇本翻譯的唯一目的，才會如此嚴厲。

周兆祥也不喜歡譯者按語，覺得譯者不該介入詮釋。但晚清民初譯者常常以評點者自居，喜歡加點眉批，提醒你這段是妙文，或與中國文學比較。如上述這段話就有三句按語：

> 朕愛兄黑蒙勒……吾人悲戚之中，須自珍重，斯為上智（明明無哀痛之情，而善為說辭如此）。以故昔朕之嫂，今朕之后（丹王可比唐太宗，蓋太宗殺元吉而娶其妃，滅理亂倫，正相伯仲）……謹謝上帝，感激無疆（先將娶嫂事，掩飾一番，大奸似信，可怕可恨）。

我倒是最喜歡看譯者的批語了，看得眉飛色舞。一來，從這種批語可以明顯看出譯者的個性好惡，二來，可以看出時代轉變的痕跡。例如新王與王子說話，一開始王子有段「自語」（Aside），譯者就說明「此只為觀者道，非為演者言」，就是說這句話是對觀眾說的，不是對同臺的演員說的。當時大家對舞臺劇不熟，這樣的解說相當重要。當然，也有些按語現在看來不怎麼政治正確，例如在名句「弱者，你的名字是女人」這句下面，邵挺寫道：「西婦不言節，每見異思遷，幾個有松貞柏操。」批評歐洲人多改嫁，衛道意味十足，讀來令人莞爾。又原文把王后比作七子七女被殺的底比斯王后尼歐碧，邵挺批評莎士比亞不該用哭子典故形容哭夫，把典故換成《孟子》裡的華周杞梁之妻。雖然丹麥太子哈姆雷特會用孟子實在太過離奇，但敢指出莎翁用典不當，還是頗有見地。

原文譯者按語是以雙行小字寫在原文句中，以下選文特別把譯者按語另列一行，以醒眉目，與眉批的意思差不多。一邊讀劇本，一邊讀按語，頗有一番特別的趣味。

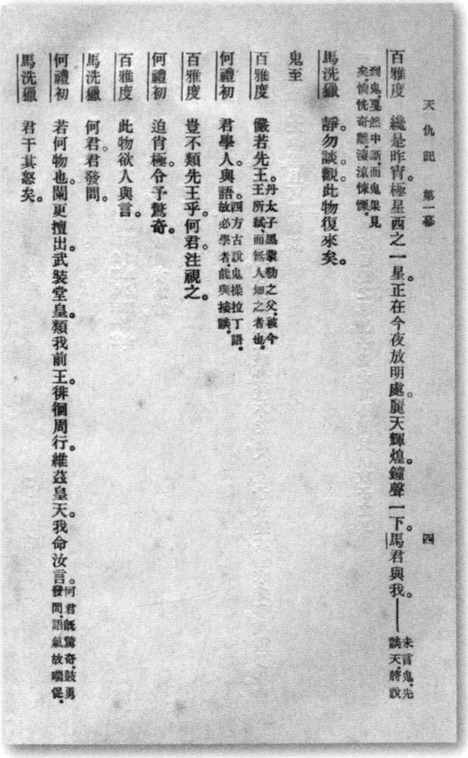
天仇記　第一幕　四

百雅度　纔是昨宵。極星西之一星。正在今夜放明處。麗天輝煌。鐘聲一下。馬君與我。——未言鬼。先談天將說

到鬼。戛然中斷。而鬼果見矣。惝恍奇離。淒涼悚慄。

馬洗獵　靜。勿談。觀此物復來矣。

鬼至

百雅度　儼若先王。丹太子黑蒙勒之父。被今王所弒。而無人知之者也。

何禮初　君學人。與語。西方古說鬼操拉丁語。故必學者。能與接談。

百雅度　豈不類先王乎。何君。注視之。

何禮初　迫肖極。令予驚奇。

百雅度　此物欲人與言。

馬洗獵　何君。君發問。

何禮初　若何物也。闖更擅出。武裝堂皇。類我前王。徘徊周行。維茲皇天。我命汝言。何君既驚奇。鼓勇發問。語氣故喘促。

馬洗獵　君干其怒矣。

譯者注解相當多，包括解析、補充訊息、西俗、語氣等。

選文

第一幕第二景　堡內會議房

王、后、幼黑蒙勒[2]、卜諾納、賴一德、波持猛、柯乃立暨各爵位及隨從均入

王　朕愛兄黑蒙肋龍馭上賓，追慕猶深，心滋愴悼。薄海臣庶，宜有同悲。唯以常識，制馭哀情，吾人悲戚之中，須自珍重，斯為上智。

以故昔朕之嫂，今朕之后，

譯者案語

明明無哀痛之情，而善為說辭如此。

丹王可比唐太宗。蓋太宗殺元吉而娶其妃，滅理亂倫，正相伯仲。特六月四日事，容有不得已者，且人人知之。太宗亦不自諱，而丹王則以暗殺取皇位，又污其嫂，罪尤加等矣。

2即太子 Hamlet。與其父同名，所以稱「幼黑蒙肋」。

締結姻緣，贊維軍國。喜中生悲，歡中低眉。喪中逢吉，婚內啣哀。欣憂總集，兩者均衡，維后之智，哀而不傷。慨然承諾，構茲良緣。謹謝上帝，感激無疆。

先將娶嫂事，掩蓋一番，大奸似信，可恨可怕。

今者幼霍丁巴[3]虛構意思，輕蔑政躬。以謂我邦大喪，政務紛亂，禍機四發，幾兆焚如[4]。夢想乘利，屢索失疆。乃尊律法，讓我英武先君，疇其不識，凡我臣工。然幼霍丁巴之叔，羸病蓐處。若姪計畫，幾不聞知。

當時挪威國君也。

朕今開茲會，繕寸書，以致挪君。制阻厥謀，蓋所與

開會宗旨在此。

3 Young Fortinbras：挪威王子，其父亦名 Fortinbras，命喪前丹麥國王 Hamlet 之手。與丹麥相似，由叔父繼位。劇終丹麥國王與太子俱死，丹麥遂由已登基的挪威國王 Fortinbras 統治。

4 焚如：火災、戰禍。

徒旅，皆挪君之赤子也。茲命柯乃立暨波持猛 奉此簡書，致敬挪君。汝之使職，悉載文憑。外分之事，絕不准行。今命汝往，早完使命。

柯乃立 波持猛 敬謹承命，不敢忝職。

王 朕不汝疑，祝汝福星。

遣使已畢。

〔波持猛、柯乃立退〕

王 賴一德[6]，汝今有何事？明以告朕。但有理由，必不

卜諾納[7]之子，自法蘭西來。

---

6 Laertes：Polonius之子。其妹Ophelia與王子相戀，後因王子裝瘋分手，傷心墜湖而死，其父也被王子誤殺，因此他決意殺王子復仇。劇終Laertes與王子比劍，劍上餵毒而殺了王子，自己也被毒劍所傷而死。

7 Polonius.

空言。汝即告朕否。夫頭之於心，手之於口，相需之般，尚非朕於乃父之比。

告朕汝何欲。

賴一德 天威咫尺，願賞假俾回法蘭西足耳。向者臣來自法，參與陛下加冕，以盡臣職。今職既盡，臣宜自認，心復思法。佇待洪恩，賞給假期。

王 汝父准否？

卜諾納汝云然否？

卜諾納 我主。渠陳請懇摯，劫臣允准。為悅其意，臣始拒而終諾。敬肯賞以假。

卜諾納時為總顧問。

先問子。

轉而問父。

王　賴一德，朕給汝時日，惟汝驅遣。

　　今吾姪黑蒙勒。吾子……

黑蒙勒〔自語〕

　　親則有餘，

　　仁則不足。

8 醮（ㄐㄧㄠˋ）：女子出嫁時的禮節。再醮就是再嫁。

遣使畢，偏插入不緊要之賴一德，妙。

十分親密，自作多情。

演戲時，人之意思，非自語無以達。此只為觀者道，非為演者言。

謂以姪相稱。今吾母嫁汝，吾為半子（西俗如此），則比姪更親一層。

若呼為子，則父子相愛之仁，實屬未有。蓋黑憾其母新寡即醮8，因並憾其叔。

王　胡為濁雲尚翳障汝？

黑蒙勒　否，我主，某光明如太陽。

后　黑蒙勒，好將夜氣撇開，勿與君王反目。勿長鎖愁睫，冀於埃塵中覓乃父。汝知之，人既生不能無死，經塵寰而入仙境，此理之常者。

黑蒙勒　唉，娘也。常理耳。

后　既如是，何子若戚戚為？

黑極富於哲學理想，思慮極靈敏，言多深思奇妙而妥貼，此即為一端。案英文太陽與子同音，意本雙關，茲僅能譯其一，不能譯其二，讀者諒之。

此數語足代表西婦之心理。

己不能貞，亦勗[9]子不必孝。

9 勗（ㄒㄩˋ）：勉勵、鼓勵。

黑蒙勒　若，娘也。非若也，某不知若。非某深墨之衫，黝黑之服，噓風長嘆，懸河淚行，慘沮頹唐之面貌，以致種種慘狀愁態，可以表某之真相。蓋此數者，真若戚戚然者，可以偽者也。蒙馬虎皮[10]，痛苦之文飾耳。至於某，痛苦在五中[11]，有諸內而發諸外者也。

王　黑蒙勒，汝天性純厚，殊堪嘉許。居父之喪，盡禮如斯。然須知之，汝父喪王父，王父又喪大王父。未死之人，一時哀痛，孝道也。若堅拒唁[12]言，拘而非孝也，非大丈夫之悲痛也。其意逆天，其心失守，其思

10春秋時晉楚城濮之戰中，晉國以虎皮蒙於馬上，讓敵軍的馬受到驚嚇而潰敗。
11五中，即五內，五種內臟：心、肺、肝、腎、脾。用來形容感受之深，如鬱結五內、銘感五內等。
12唁（ㄧㄢˋ）：對喪事的慰詞，弔唁。

不耐，其慮單純。蓋吾人所應知者，至常之理耳，胡為乎號泣漣漣，而欲與天爭？愚哉！無力回天，何能起死，既拂自然之理，尤乖居恆之道。從古迄今，人皆哭其父之死，此乃無可如何者。

朕願汝節哀順變，念朕如念父。盡人知之，汝瞬登大寶，而朕愛汝亦無異慈父之於子。

汝若回威丁堡[13]，殊非朕意。望汝居家中，以悅朕目，安朕心。汝乃群僚之長也，朕之姪也，亦朕之子也。

口中有蜜，腹裡藏刀。

黑蒙勒讀書處，現欲回校修業。

13 Wittenberg，德國城市，今名威登堡。威登堡大學就是十六世紀初馬丁．路德發動宗教改革的地方。

后　黑蒙勒，勿使爾毋禱望著空手！予望汝留，勿往威丁堡。

黑蒙勒　謹唯命是聽。

王　此答詞，何仁且美，肯與朕及卿同居丹麥。后來！黑蒙勒宛順遵從，勿待勉強，朕心悅甚。且啣杯臚歡，嗚礮慶祝，天鳴地響，以誌盛會。同朕往！

〔眾退，黑蒙勒獨留〕

黑蒙勒　噫此軀殼太——太堅。不能鎔化露水也。上帝未嘗立法，禁人自戕也。

荒淫之君，但知酒色。

悲憤交集，出辭不相接。

唉，天乎！斯世於予，何其倦憊平淡也。世無其福哉！吁，無福哉！荊天棘地，滿目蓬蒿[14]，竟至若斯。

死僅兩月。非，尚未兩月。

夫英偉一君，

與今者較，

奚異太陽之光華，比魑魅之猙獰。

痛其父之死，恨其母之婚，百感縈懷，覺此世之無味，故一切樂觀，盡成悲觀。然誰可告語者？號泣於旻天而已。

其母於父死兩月即嫁，誠可痛。痛極，悲啞不成聲，斷續不相接。

又想到亡父。

其叔。

又斷。

14 蓬蒿（ㄆㄥˊ ㄏㄠ）：蓬、蒿皆野草名，這裡指野地。黃庭堅詞〈清明〉：賢愚千載知誰是，滿眼蓬蒿共一丘。

先王且富愛情，其愛吾母，縱天末涼風，恐傷玉臉。

天乎！地乎！予其可念哉！

昔者吾母亦曾依旁吾父，如飢腸思食，意味倍濃何也。然尚未一月——

吾不欲思之。弱懦乎婦人之專名也[16]。

——約纔一月。而回憶追送遺體登山時，儼如華周杞梁之妻[17]，涕泗縱橫。

愴地呼天，令人惻怛[15]。

前云兩月，又云未兩月。今直云未一月。痛益深，心益亂，時日益覺其短。又斷。

西婦不言節。每見異思遷，幾個有松貞柏操。此語在歐西，故稱名言，語文常引用之。

原文引Niobe典。據神仙傳云Niobe係錫伯王(King of Thebes)某之妻。七子七女均為Appollo等射殺，自請化為石，臨陽則淚。此係哭子之典，非哭夫也。特稍為變異。

15 怛（ㄉㄚˊ）：悲苦。

16 "Frality, thy name is woman!" 常譯為：「弱者，你的名字是女人。」

17 孟子：「華周、杞梁之妻善哭其夫，而變國俗。」

而今送殯之鞵[18]猶新……何吾母，縱吾母……唉！天乎！禽獸無情，哀感猶長……竟再醮吾叔。以叔較吾父，猶予比黑球臘[19]。

乃一月之間，偽淚猶暈雙眸，竟再醮。

唉！其速怪絕，此非好事。必無好事。予肝腸欲裂矣！予欲無言。

巨人也，力士也。多斬妖魔，有大勳。

當時淚珠，或由肝腸迸出。而以後事觀之，似乎是偽。

黑思力深沉，已料到此中黑幕。

18 鞵（ㄒㄧㄝˊ）：鞋子。

19 Hercules，希臘神話中的大力士，是宙斯與凡人女子所生，力大無窮。今譯海克力士。

九

被遺忘的簡愛
伍光建的《孤女飄零記》（一九二七）

百年莊園。孤女。女家庭教師和豪宅主人。疑雲重重。生死關頭。身世之謎。終成眷屬。

想到什麼書了嗎？沒錯，這是西洋羅曼史的百年標準配方，從《簡愛》（一八四七）一直用到瓊瑤的《庭院深深》（一九六九）。但《簡愛》是從什麼時候譯成中文的呢？這個突兀的書名，到底是「簡單的愛」還是「姓簡名愛」？其實發明這個名字的李霽野，用的是《簡．愛》，只是因為「簡」和「愛」都只有一個字，大家很容易忽略中間的那個點，就直接稱簡愛了。「簡愛」已成定譯，連衍生書名《穿越時空救簡愛》（*The Eyre Affair*）、《簡愛前傳：夢迴藻海》（*Wide Sargasso Sea*）也都要巴著「簡愛」的大名。如果把書名叫做《穿越時空救珍．艾爾》或《艾爾事件》，就不知道在寫什麼了吧！

其實在「簡愛」之前，珍．艾爾（Jane Eyre）也有過其他名字。鴛鴦蝴蝶派的周瘦鵑在一九二五年節譯過這個故事，取名〈重光記〉，因為男主角為了救瘋太太而失明後多年，又恢復了一點視力。〈重光記〉只有四章：「怪笑聲」、「情脈脈」、「瘋婦人」、「愛之果」，所以故事只從女主角去應徵家教開始。〈重光記〉收在《心弦》這個集子裡，裡面共收錄了十個戀愛故事，包括〈赤書記〉（今譯《紅字》）和〈艷蠱記〉（今譯《卡門》），非常鴛鴦蝴蝶。周瘦鵑把女主角的名字取為「嫣痕．伊爾」（周是蘇州人，也許是方言發音？），而下一個譯者伍光建把女主角叫做「柘晤．愛邇」，柘讀音為「這」，發音是像了，但用字有點冷僻，可能很多人會錯讀成「拓」。作家茅盾也曾接受中華書局委託翻譯*Jane Eyre*，他取名為「珍雅兒」，可惜沒有譯完，目前第一冊的手稿由茅盾之子捐贈上海圖書館，只譯到第三章，沒有出版。他在一九三七年比較伍光建和李霽野譯本時，用的名字是「真亞耳」。所以到頭來，「嫣痕．伊爾」、「柘晤．愛邇」、「珍．雅兒」或「真．亞耳」都敗下陣來，世人只知「簡愛」了。

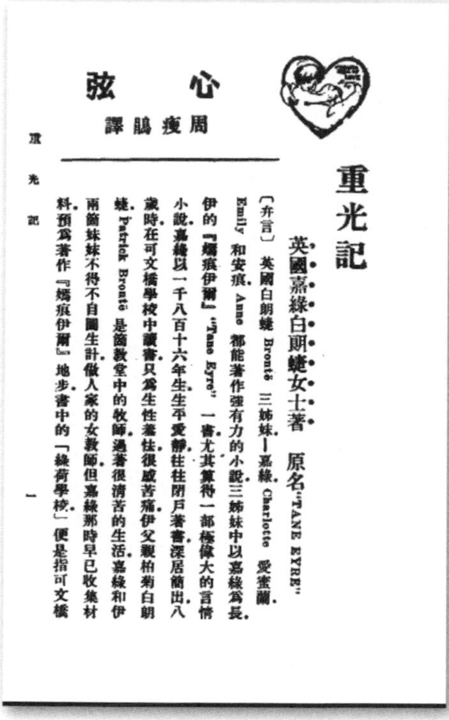

心弦

周瘦鵑譯

重光記

英國嘉綠白朗蟪女士著　原名"TANE EYRE"

〔弁言〕英國白朗蟪 Brontë 三姊妹—嘉綠 Charlotte 愛蜜蘭 Emily 和安痕 Anne 都能著作強有力的小說．三姊妹中以嘉綠爲長．伊的『嫣痕伊爾』"Tane Eyre" 一書尤其算得一部極偉大的言情小說．嘉綠以一千八百十六年生．生平愛靜．往往閉戶著書．深居簡出．八歲時．在可文橋學校中讀書．只爲生性羞怯．很感苦痛．伊父親柏菊白朗蟪 Patrick Brontë 是箇教堂中的牧師．過著很清苦的生活．嘉綠和伊兩箇妹妹不得不自圖生計．做人家的女教師．但嘉綠那時早已收集材料．預爲著作『嫣痕伊爾』地步．書中的「綠荷學校」便是指可文橋

重光記　一

*Jane Eyre*最早中譯本叫做〈重光記〉，收錄在周瘦鵑的《心弦》（1925）。英文書名誤植為Tane Eyre。

伍光建譯的*Jane Eyre*，取名《孤女飄零記》，譯序寫於一九二七年，但卻在一九三五年才初版。伍光建（一八六七－一九四三）是廣東人，北洋水師學堂第一屆畢業，是嚴復的學生，留學英國海軍學院和倫敦大學。雖然學的是開船，卻愛好文學歷史，一九〇七年譯出大仲馬的《俠隱記》（今譯《三劍客》），精采非常，胡適、金庸都津津樂道。兩年後（宣統元年）皇帝表彰他翻譯有功，賜進士出身，所以可以說他是前清進士。他在晚清時擔任海軍官職，民國後則是中華民國官員，政務繁忙，還要翻譯一些物理（「力矩」一詞就是伍光建發明的）、英語教材之類的，好在公務之餘還是留下了不少傑作。他的眼光和譯筆都屬一流，就是生不逢時。晚生了幾年，名聲不如早一輩的林紓和嚴復（其實《俠隱記》出版時間距離林紓的《巴黎茶花女遺事》不到十年），又早生了幾年，被五四新青年歸類為「老先生」。其實他的白話譯筆比林紓、嚴復易讀許多，中文底子又比三〇年代的進步文青好，知道的人卻不多，難怪過世時商務印書館的張元濟題字「天既生才胡不用」，極為遺憾。

他的《俠隱記》是白話的，帶一點章回味道，第一回叫做〈客店失書〉，第二回叫〈初逢三俠〉，武俠味道十足：

> 話說一千六百二十五年四月間，有一日，法國蒙城地方，忽然非常鼓譟：婦女們往大街上跑，

小小子們在門口叫喊，男子披了甲，拿了槍，趕到彌羅店來，跑到店前，見有無數的人在店門口，十分擁擠。當時係黨派相爭最烈的時候，無端鼓譟的事，時時都有。有時因為貴族相爭；有時國王與紅衣主教爭；有時國王與西班牙爭；有時無業遊民橫行霸道，或強盜搶劫；有時因耶穌教民與天主教民相鬥；有時餓狼成群入市。城中人常時預備戒嚴，有時同耶穌教民打架，有時同貴族相鬥，甚至同國王相抗擊的時候也有，卻從來不敢同主教鬧。這一天鼓譟，卻並不因為盜賊同教民。眾人跑到客店，查問緣故，才知道是一個人惹的禍。

非常引人入勝。二十年後，他翻譯《孤女飄零記》時就不再採用章回套語，像是「話說」、「看官」這類詞彙一概不用，而是很流利的民初白話。如下面這段舅媽排擠簡愛時說的話：

李特太太不要我同他們在一起，說道：「她這個孩子，說話不坦白，舉動遲滯，又欠自然。幾時她可以改過來極力的學好，同人親熱，像個好孩子，活潑些，令人可愛些，等到奶媽來報告，說是她學好了，再由我細細的查看，果然奶媽報告的是不錯，她果然是學好了，我就可讓她同我的孩子們在一起做同伴。」

讀起來很自然生動，其實這段原文語序和中文差異很大，很不好翻譯。比較一下李霽野（一九三五）的譯法：

她抱歉不得不使我離開，又說要不等到柏西告訴她，而且憑她自己的觀察發現出來，我認真努力使自己更合群和跟小孩子一般的脾氣，有更可愛和活潑的態度（大概是一種更輕快，坦率、更自然的東西吧）那麼，僅僅是為了想使滿意快樂的小孩享受的好處，她就不得不把我除外了。

李霽野非常直譯，完全照著英文的順序，以至於整段看起來很辛苦，看到最後還是有點不知所云。到了一九八〇年，祝慶英的譯法雖然比李霽野的好懂一些，也還是沒有伍光建的清楚：

她說她覺得很遺憾，不得不叫我離他們遠一點；她真的不能把只給知足快樂的小孩的那些特權給我，除非是佩斯告訴了她，而且還要她自己親眼看到，我確實是在認真努力培養一種更天真、隨和的性情，一種更活潑、可愛的態度——大概是更輕快、更坦率、更自然的一種什麼吧。

後來的譯本也大同小異，像是吳鈞燮（一九九〇）：

她很抱歉不得不讓我去獨自待在一邊，除非她能聽到貝絲報告加上自己親眼目睹，發現我確實在認真養成一種比較天真隨和的脾氣，活潑可愛的舉止——比較開朗、坦率一點，或者說比較自然一些——否則他只好讓我得不到那些只有高高興興、心滿意足的小孩子才配得到的特殊待遇了。

黃源深（一九九三）：

說是她很遺憾，不得不讓我獨個兒在一旁呆著。要是沒有親耳從貝茜那兒聽到，並且親眼看到，我確實在盡力養成一種比較單純隨和的習性，活潑可愛的舉止，也就是更開朗、更率直、更自然些，那她當真不讓我享受那些只配給予快樂知足的孩子們的特權了。

宋兆霖（一九九六）：

很遺憾得叫我離他們遠些，除非她從貝茜口中親耳聽說，親眼目睹，我的確是認真努力地學習讓自己的個性更天真隨和，舉止更活潑可愛——也就是說，表現得再輕鬆、坦率、自然一些——要不，她說什麼也不讓我得到那些知足快樂的孩子才配享受的待遇。

李文綺（二〇〇四）：

她很遺憾必須禁止我靠近她，直到她聽見貝絲說，或自己親眼看見我確實竭心盡力在學習培養更加隨和童真的脾氣，與更明朗可愛的態度——更加愉悅、坦率、更加自然——否則她真的必須禁止我享受一些特權，因為那只屬於那些快樂知足的小孩子。

光是從這一小段，就可以看出伍光建譯筆有多老練潑辣。舅媽對這孤女不好，連下人也不喜歡她：

◎這樣一個不討好，令人厭惡的孩子，常常都是好像留心看人，常常的背後想詭計，怪不得女主人要她離開這裡。（伍光建譯）

◎女主人滿心願意除掉（她敢說）這個討人厭的，壞脾氣，彷彿總窺察著一切人，而且打著詭祕主意的孩子。（李霽野譯）

這舅媽找來的巴洛克先生也不是好人，見面就問Jane是不是好孩子：

◎我因為所有這宅子裡的人都說我不好，我很難答他說我是個好孩子，我只好不響。（伍光建譯）

◎對這問題答應「是」是不可能的，我周圍的小世界持著相反的意見。（李霽野譯）

伍光建的譯文讓人很想繼續看下去，不像李霽野的譯文冗長難懂，前一個句子裡，李譯「這個……的孩子」中間竟有二十四個字，翻譯腔實在很重。「我周圍的小世界持著相反的意見」也太過文青，不像是十歲的小姑娘會說的話。但《孤女飄零記》被擱了八年，一九三五年九月才出版。而李霽野翻譯的《簡愛自傳》，從一九三五年八月開始在《世界文庫》連載，一九三六年連載結束後出版單行本，非常暢銷。雖然伍光建成名較早，但李霽野的譯本卻更有影響力，以致一九四五年三版時的書名《簡愛》已成定譯。只能說伍光建生不逢時，當時文壇主流就是要嚴格直譯，翻譯腔才代表進步。另一個例子就是伍光建的《狹路冤家》（*Wuthering Heights*），一九三〇年就在上海出版了，但梁實秋在一九三九年動筆翻譯《咆哮山莊》時，竟說翻譯的動機是因為這本傑作「至今無人翻譯」。很多讀者都以為梁實秋是第一個翻譯*Wuthering Heights*的，大概沒多少人知道《狹路冤家》，更別說讀過了。譯壇老將被忽視到這種地步，也實在不可思議。

選文

以下選文出自《孤女飄零記》第四回「洩恨」，是Jane十歲時和舅媽衝突，被關在紅屋子裡嚇暈倒之後，舅媽決定把她送去寄宿學校，眼不見為淨：

第四回　洩恨

自從我得了病之後，她（李特太太[1]）把我同她的兒女們劃分界限，劃得更嚴，另外給我一間小屋子睡覺，叫我獨自一個人吃飯，終天叫我在孩子屋裡，她的兒女卻在客廳，一點也不提起學校的話。我卻覺得她萬不能很久容留我在她家裡，我看她的眼色是嫌我恨我，是無可挽回的了。

伊里西[2]同左珍納[3]，一定是奉了嚴諭的，很少同我說話。約翰[4]見了我是閉住嘴。有一次，他又想打我。我想起前事，立刻就要抗拒他。他不敢打，一面跑開，一面罵我，還說我打破他的鼻子。我原是預備好，用盡我的氣力，打他的鼻子。他看見我的神氣或我的手勢，他有點害怕。我真想打他，他已經跑到他母親身邊了。我聽見他一面哭，一面對他母親說，那個討厭的枯唔，好像是一個發狂的貓追趕他。他母親很嚴厲的止住他說道：「約翰，你不要再對我提起她。我吩咐你不許走近她，

1 李特太太（Mrs. Reed）是 Jane 的舅媽。
2 Eliza Reed，李特太太的女兒，Jane 的表姊妹。
3 Georgiana Reed，李特太太的另一個女兒。
4 John Reed，李特太太的兒子，Jane 的表哥。

她不配你理會她，我不許你同你的姐妹們同她接近。」

我忽然靠著欄杆大哭，心裡並不想過，就說道：「他們不配同我接近！」

李特太太本是個胖子，她聽了我這句大膽話，快快的跑上樓來，好像一陣狂風，把我捲入孩子屋裡，把我按在小床邊，很嚴厲的對我說道：「你只要敢起來！你只要敢說一句話！」

我不由分說的對她說道：「假使我舅舅在世，他對你該說些什麼？」我是不由分說的說出來，因為我所說的話，的確是不由自主的。

李特太太向來眼神是很淡定的，聽了這句話，卻有點畏懼神色。她放了手，瞪眼看我，好像是辨不清我是個孩子，抑或是個鬼。我這時候是蹙出去，要同她拼一拼，我就說道：「我的舅舅是在天上；你心裡所想的事，你所做的事，他是看得見的；我的爸爸媽媽，也都看得見的。他們都曉得你鎖禁我一天，你心裡盼望我死。」

李特太太定過神來，把我用大力推了幾推，打了我兩下耳光，一言不發的走了。貝西[5]足足教訓我一點鐘，證明我是世界上第一個極惡無可救藥的人。我也有一半相信她的話，為的是我這時候心裡

5 Bessie，Jane 的保姆，雖然也是動不動就罵她，但還是全家唯一對她好的人。

都是惡感。

正月十五那一天早上九點鐘，貝西在樓下吃早飯。

我看大門推開，一輛馬車走進來。一會，聽見大聲敲門，有人走進房子，我卻不理會有什麼客人來；看見一個餓鳥在樹枝上，我要餵他，從我吃剩下的麵包捲上撕了一片，要開窗放在窗外，讓餓鳥來吃。貝西走上樓來，對我說道：「栢晤小姐，你把圍胸脫下來，你在那裡幹什麼？你洗過手，洗過臉嗎？」

我未答她之先，再用力把窗門打開，把麵包團子撒在窗外讓鳥吃。我纔答貝西，說道：「我才彈過灰，還沒洗手洗臉。」

貝西罵道：「你這個討厭東西，你這個不小心的孩子，你幹什麼？你臉上發紅，好像是做什麼淘氣事。你為什麼要開窗子？」

我來不及答話，她好像是匆忙到了不得，來不及等我答話。一手把我拖到洗臉架，用死力的用許多水、肥皂，粗布，把我的臉同手洗刷得很乾淨，拿了硬刷，向我順頭髮，扯了我胸前的圍巾，催我下樓，進去早餐的小飯廳。

我原要問貝西是誰要我去的，李特太太在廳裡沒有。來不及問，貝西已經走了。我慢慢的下樓。

這三個月來，李特太太沒來喊過我一次，只許我在孩子屋裡，飯廳客廳我都沒到過，看這幾處屋子同禁地一樣，不敢放膽的闖進去。

我下樓，到了空空無人的大廳，站在小飯廳門前，害怕發抖，不敢進去。我因為經過這一次無理的虐待，變成一個最懦怯的東西了。這時候我既不敢上樓，又不敢進飯廳；我足足站在飯廳門前有十分鐘，只管害怕遲疑，隨後聽見飯廳的鈴亂響，我只好決意的走進去。

我一面開門，一面心裡想道：「是誰要看我呢？飯廳裡除了舅母之外，還有什麼人呢？是個男人，抑或是個女人呢？」

我推開門，走進去，低低的哈腰，抬頭一看，看見面前是一條黑柱子。他原是個人，不過穿的是黑衣服，身子極窄，站得極直，頂上是一個極凶惡的臉，很像是一條石柱，柱頂上擺一個石雕的頭。

李特太太是坐在火爐邊，招我走上前。我走上前，她介紹我見那個怪人，說道：「我同你商量的，就是這個女孩子。」

他慢慢的掉過頭來，瞪眼看我好一會，說道：「她身材很小，今年幾歲了？」

李特太太答道：「十歲。」

他又瞪眼再細細的看我好幾分鐘，遲疑的說道：「有這些歲數了麼？」隨即對我說道：「小女孩子，你叫什麼？」

我答道：「我叫柘晤．愛通。」

我說話時抬頭看，他好像是個高個子，不過是因為我太矮小了。他的五官是很粗大的，通身都是粗暴樣子。他說道：

「好呀，柘晤，你是個好孩子嗎？」

我因為所有這宅子裡的人都說我不好，我很難答他說我是個好孩子，我只好不響。李特太太搖搖頭，替我先代答了，隨即說：「巴洛克[6]，我們最好是不要提這一層。」

李特太太這時候打岔，叫我坐下，自己同巴洛克談話，說道：「巴洛克，我三星期前，給你一封信，說明我不喜歡這個孩子的心地行為。你若是肯把她收留在洛和學校[7]，我要煩你吩咐學校裡的管理同先生們，得留心這個女孩子，尤其要緊的，是留心防她欺詐。柘晤，我特為當你的面，告訴巴洛克先生，免得他上你的當。」

6 Mr. Brocklehurst.
7 Lowood school.

我所以怕李特太太，不喜歡李特太太，不是無故的。因為她的生性，是要傷害我。我在她面前，向來無一刻安樂的。毋論我怎樣的小心謹慎，順從她，毋論我費多少力，要搏她的歡喜，她總拒絕我，說我不好，冤枉我。這時候，她對著生人說我好欺詐，她這樣冤枉我，太傷我的心。她的意思，是要我到了一個新地方，還要絕我的希望，要我無好日子過。我是很覺得，不過是說不出來。她先播下惡種子，要我從此以後所走的路，步步都是荊棘。我曉得這時候，我在巴洛克面前，立刻變成了一個陰險詭詐的女孩子，我有什麼補救的方法呢？

十

既非少年，也不只煩惱

黃魯不《少年維特之煩惱》（一九二八）

青年男子誰個不善鍾情？妙齡女人誰個不善懷春？

——郭沫若（一九二二）

「少年維特的煩惱」大家都聽過，但常常聽到有人望文生義，把這書名解作「少男單戀」的意思，其實大有問題。這本書裡的維特一開場已是歷經多場戀愛的青年律師，而且從第一封信看來，還有渣男的嫌疑（和一對姊妹糾纏不清），根本不是什麼純情少年：後來因為愛上地方法官的女兒夏綠蒂，明知夏綠蒂已經訂婚，還從人家婚前糾纏到婚後，最後舉槍自盡，也不僅是一點煩惱。所以「少年」和「煩惱」兩個關鍵詞都有問題。馬君武最早提到這本小說時，譯為《威特之怨》，似乎比較合理。馬君武一九〇七年留學德國時，翻譯了兩人最後一次見面時的場景：

貴推（即歌德）為德國空前絕後一大文豪，吾國稍讀西籍者皆知之。而《威特之怨》一書，實其自紹介社會之最初傑著也。

沙婁（即夏綠蒂）既嫁，威特即見疑，不能常至其家。一夕，矚其夫阿伯之亡[1]也，往焉。沙

1 亡：外出不在。

妻既愛阿伯，復憐威特，悄然曰，「威特不思沙妻之既嫁乎？」乃令僕持函召二三女友來，所以釋阿伯之疑，且速威特之去也。女友皆不能至，沙妻黯然。少頃，氣忽狀，取比牙琴[2]自操之，傍威特坐於安椅，曰：「威特！不能為我歌一曲乎？」

威特厲聲曰：「無歌爾！」

沙妻曰：「是篋內有『歐心[3]之詩』，君所譯也，予尚未讀，若使其出於君之唇，則誠善矣。」

威特笑，取而視之，意忽動，坐而淚涔涔下，以最哀之聲歌之，是阿明[4]哭其女初喪之詞也。其詞曰：「莽莽驚濤激石鳴，溟溟海岸夜深臨。女兒一死成長別，老父餘生剩此身。……女兒忽隨明月去，不憶人間遺老父，老父無言唯有愁，愁兮愁兮向誰訴？」

歌至此，沙妻大慟。威特躑紙於地，執沙妻之手，以己淚浣之。沙妻以一臂自倚，以一手執巾自拭其淚，四目相識，各相憐也。沙妻欲起離去，悲甚不能行。乃勉止淚，勸威特復歌。威特憊

2 即鋼琴，Piano的音譯。
3 Ossian，今譯莪相，古愛爾蘭吟遊詩人。
4 Armin.

甚，強起拾紙續歌之，殆不能成聲矣。

這是夏綠蒂新婚不久的事，可見悲劇之因由就是夏綠蒂「既愛阿伯，復憐威特」。她對維特也不是沒有動情，只是兩人相遇在訂婚之後，她的未婚夫也是好人，她在兩男之間拖拖拉拉，造成最後的悲劇。所以若書名取為《維特之死》，應該比《少年維特之煩惱》貼切得多。

只是這個書名太過流行，積重難返，恐怕改不過來。這本歌德的少作（英文譯為*The Sorrows of Young Werther*），自從郭沫若在一九二二年翻譯以來，風行多年，譯本眾多，但基本上書名只有兩種：不是《少年維特之煩惱》，就是《少年維特的煩惱》，關鍵字「少年」、「維特」、「煩惱」都沒變過。為什麼郭沫若會這樣譯呢？這是因為他是參考日譯本的，而日譯本的通行書名就是《若きウェルテルの悩み》。少年是從「若き」來的，「煩惱」是從「悩み」來的，不知可不可以算是偽友現象？其實日譯本還有一種書名《若きウェルテルの悲み》，如果當初郭沫若翻譯成《青年維特的悲哀》，也許比較貼切吧。日文「悲み」和「悩み」的差別，在於前者是與自己的意志無關的，如父母死亡要用「悲み」，而後者是自己造成的，如嫉妒引起的「悩み」。以此觀之，維特追求人家的未婚妻，當然是自尋煩惱，難怪日文用「悩み」，但卻意外造成中文這個易招誤解的書名了。

郭沫若的翻譯在民初大為風行，許多青年男女為家長指定的婚姻所困，心有戚戚焉。但他的翻譯有不少硬傷，招來很多批評。一九二四年，留學德國的梁俊青就發表了一篇評論，指出郭沫若譯錯的地方，還引發創造社和文學研究會雙方論戰。一九三二年上海世界書局出版達觀生的譯本，也在自序中說郭先生的譯本「有未能盡善盡美之處」，令人失望，因此據英譯本重譯。

郭沫若的譯本現在讀起來的確不太容易。例如他有一封信中提及已過世的女友：「啊，我青年時代底女友說是死了！啊，我恨不當初不識她呀！」讀起來頗令人困惑，是說後悔認識她呢，還是寧願不認識她呢？其他譯本就沒這麼難解，如黃魯不（一九二八）：「可憐！我那青年時代的情侶，據說永逝了！啊！和她是熱戀過的。」；達觀生（一九三二）：「可憐！那我幼年的情侶是永逝了！哀哀！我曾一度的戀她！」；錢天佑（一九三六）：「可憐！我幼年時的情侶是永逝了！我曾戀慕她！」

這段後半郭譯更是冗長難讀：

我在她的面前我的心中把自然包擁著的那種及不可思議的情感可不曾發展得嗎？我和她的交際不是恆由最精細的感情，最敏利的機智所交織而成，那種種機智底變形以至於戲謔不是都表現得有天才底痕印的嗎？

這部小說大部分是維特寫給好友維廉的信，後面則有一些描述段落，敘述維特與夏綠蒂最後一次見面到自殺為止。篇幅不長，又有英日譯本數種，所以翻譯成中文的譯者也不少。《少年維特的煩惱》在臺灣有好幾種戰前大陸譯本流傳，翻印次數最多的是羅牧（一九三四）和錢天佑（一九三六）譯本，也有幾個新譯本，如徐雲濤（一九五七）、周學普（一九七五）、宋碧雲（一九七九）、李牧華（一九八一）等。其中周學普是從德文直譯，宋碧雲和李牧華是由英譯本轉譯。不過，雖然大家對郭沫若的譯本都頗有意見，卻沒人改動書名，也是頗為有趣的現象。

選文

以下選文出自黃魯不的譯本。黃魯不生平不詳，也沒有留下序跋。出版者有龍虎書店和春明出版社。春明是家通俗出版社，這本歌德的少作描述戀愛悲劇，黃魯不的譯筆樸素自然，帶點民初風味，頗適合這本作品。

前情提要：本書分為兩部，第一部都是維特寫給好友維廉[5]的信，第一封是一七七一年五月四日，維特剛到此地不久。六月十六日的信很長，敘述自己跟一位女伴去接夏綠蒂共赴舞會。舞會中他們數度共舞，後來遇到暴風雨，因此到天亮才散。

六月十六日

我為什麼久不寫信給你呢？假如你這樣向我來問。當然你可以料到我是否康健，但是——簡單的說，我已得到一位把握著我心靈的朋友；我已找著——我不知道怎麼說得好。我結識這位極可愛的女性的情形，要給你一個有程序的報告，殊屬難事。我是一個幸福的滿足的人，怎奈不是一個好的歷史家哪。……

下次，再——但不，不待下次，我現在，馬上，就和你講這一切吧。要是不，那麼終不會說了；

5 Wilheim，維特的好友。後來一直勸維特離開夏綠蒂。

我因為寫這封信時，已經有三次擱筆了，招呼預備好馬，想騎著出去了。但是今晨我自誓，今天不去騎馬，然而日子長的那麼難耐，我時刻地跑到窗前看著太陽還有多高。

我簡直不能克服我自己，我是一定要到她那裡去的，維廉。我回轉來，進過晚餐之後，就要寫信給你。見到她，在圍繞著她親愛的活潑而又美麗的一群孩子——八個弟妹——中見到她，這在我的心靈上是何等的歡樂呢。

我這樣寫下去，怕你自始至終莫名其妙，好，請你留意。我來按住我的煩心給你說個詳盡罷。……

此處的年輕的朋友發起在村中開一次跳舞會，我便答應去參加了。在那次盛會裡，我曾約了此間的一位平凡卻美貌的悅人的姑娘去對舞，並且決定坐著馬車，還約了夏綠蒂一同赴會。當我們的車子經過了公園向獵莊進行的時候，我的女伴和我說知了，我就會認識一位很美麗年青的女性。她的嬸嬸還插上一句道：「當心，別害相思病。」我說：「這怎麼說呢？」她答道：「因為她已經許了一位有錢的人，那人現在出門去了，去料理他的父親去世後的事務，不久就要承受一筆巨數的遺產。」這個消息，我對之如耳邊風，並沒有興趣。……

我下了車，一個女僕便來應門，請我們稍待，說她的綠蒂小姐就要出來了。我走過了庭院，一所建築得好的房子走去，上了前面的石階沿，一開門，便有一幕我見所未見的最可愛的景象，呈現在我面前。客室中有六個小孩子，從十一到四歲，正環繞著一位風姿美麗身材中等的姑娘，她穿著素潔的外服，飾著淡紅色的緞帶。小孩子正在那裡且跑且舞。她拿著一塊黑麵包，切成許多大小不同的薄片分給四圍的孩子，依照他們的年齡和食量來做比例的。她在分給時候，態度十分莊重而慈愛，這些小朋友們，一個個天真地撐起了小手等待著，拿到了便高聲地呼謝，有些馬上就跑開去用他們的晚餐，有些性情沈靜點的，便慢慢地走向莊門口來瞧這生客，和那就要載著他們的夏綠蒂出去的這輛馬車。

她說，「對不起得很，麻煩您上我這兒來，又累女賓們等候，但我因為要換衣服和料理些家事，竟把小弟妹們的晚飯忘掉了。他們除我以外，別人切的麵包，是不要的呀；」我說了些隨便的客套，但整個靈魂，是已被她的姿容聲音舉止所吸住了，等到她跑進房去取回她的手套和扇子時，我才恢復我的原狀。……

我們談到跳舞的興趣了。「假如狂熱於跳舞是一種過失，」夏綠蒂說，「我便自認是犯法的吧，因為實在沒有其他的娛樂是更快意的。我一遇著煩悶時，便走向批亞娜[6]去，彈著我曾經舞蹈的曲譜

6 Piano，鋼琴。

來，那一切都好了。」

你是知道我的，在她談話間，我怎樣傾注地凝視著她的一雙明眸；我又怎樣地垂涎著她的溫馨的櫻唇，和鮮嫩嬌艷的雙頰；我是怎樣心領神往地深入在她談話的風趣的意義之中，以致她所有的言辭，我是竟不曾聽得。再直截地說吧！我從馬車下來時，好似在夢寐中一般，我竟像迷惘在暗淡的世界裡了。我幾乎不曾聽著從輝煌的廳堂中，喧闐出來的音樂。……

六月十九日

我記得關於我們從跳舞會回去時候途中的事情，沒向你敘述過，現在我也沒有時間向你再說。那天的朝陽真是壯麗極了。雨點兒淅淅地打在森林中以及四周，全部的鄉村都得著及時的膏潤。我們的友伴是睡著了。夏綠蒂問我是否也要想睡，叫我不要因她客氣。我凝視她，答道：「只要你的眼睛不告疲倦而睜開著，在我是不會睡去的。」

我們兩人都繼續醒著，一直到她家的門前。女僕輕輕地開了門，回答她的詢問道：父親和孩子們都好，都還安息著。在我和她分別之前，要求她白天裡再見一次，她允許了，我便走了。從那時起，日月星辰儘管靜悄悄地循環著他們的道兒；我是不知晝不知夜了；整個的世界在我是烏有了。

七月八日

人是何等的孩子氣呀！他是多麼渴望著一顧呀！人是何等的孩子氣呀！我們曾到瓦爾海年[7]去；女人們是坐馬車去的，我們在步行的中途，我想到我在夏綠蒂的黑漆的雙瞳中——我是一個傻子——但是你請恕我！請你去看她一下——她的雙眸；我簡單說罷（因為我想睡，眼睛睜不開了），你看，當女人們重行上馬車的時候，車門旁站著少年塞特斯它特、安特蘭[8]及我，他們是浮滑而嬉戲的人們，大家正在一塊兒談笑戲謔著。我注視著夏綠蒂的眼睛；她的雙眼把人們挨著睃[9]擲遍了，但並不曾逆送到我——到我，這呆木地靜立不動的，並且除她以外不見一物的我，我等待她，我的心向她默說了一千遍的「再會」，而她卻不看我。

馬車趕著走了，我的雙眼充滿著淚水。我注視著她，忽見夏綠蒂的無邊帽伸出在車窗之外，她向後回望——啊！是望我嗎？我的好友，我迷惘著，但在這半信半疑中，找著慰藉了。也許她是在回望

7 Wahlheim，故事發生的城鎮。夏綠蒂住在此城鎮的附近。
8 Seldstadt 和 Andran。
9 睃（ㄐㄩㄣ）：瞥視，斜眼看。水滸傳第二十三回：「那婦人只顧著拿眼來睃武松。」

我。也許！祝你晚安！我是何等的孩子氣呀！

七月十八日

維廉，在我們的心中要是沒有愛情，還成什麼世界？沒有光亮還成什麼幻燈[10]呢？你們只消把燈點著的火，許多靈活的圖形，便閃耀在白牆之上；即使愛情只是一時的幻影，我們也是幸福的，我們都和小孩子們似的心蕩神怡地，樂享這些精妙的現象之變幻。

今天我不能去看夏綠蒂。因為有種不能不親到的聚會阻止我。這怎麼辦呢？我打發我的用人到她家去，我可以至少見著今天曾經和她接近過的一人啊！我等著他的回來是何等的忍耐！我歡迎著他是何等的高興！我幾乎要把他摟在我的懷抱中，吻著他，假使我不是怕害燥的話。

有人說電光石[11]，擺在日光中，便會吸收光線，放在黑暗的地方或晚間會發亮一會的。我對於這用人便是比做電光石。夏綠蒂的眼光曾經看過他的顏面上，他的頰，他的衣服，這種感念使我把他的

10 Magic Lantern，十七世紀的發明，可以把繪製的圖片投影到白牆上，就是早期的投影機。
11 Bologna stone，重晶石。

一切視作無價的珍重親愛，在這片刻之中，縱有千金賺我也不願離開了他。我在他面前是何等的幸福呀！千萬請你別要笑我，維廉，那何妨做一種令我們愉快的幻象呢？

七月十九日

「今天我要去看她！」當我早上起來，我便高興地呼了出來，心頭懷著無限的愉快，看著光明壯麗的太陽的時候——「今天我要去看她！」除此而外，我沒有別的願望了；一切的一切都包含在這企念之中了。

七月二十六日

我曾經屢次起過決心不要那樣頻煩地去看她，但是誰能堅持得住這種決定呢？每天我都為誘惑所動，且曾約束自己，明天我真的不要再去了，但是等到明天到來，我卻又尋出一些無可避免的事由來要去見她；在我能說出此事的理由之前，我已在她的身傍了。有時她在前一晚向我說：「你明天一定請來呀！」——誰還能夠不去呢？——有時因為她託我一些事情，我覺得這是必須當面去回復她；或者是天氣清朗，我散步到瓦爾海年，當我走到那裡，離她不過半里的路了。因為接近的氛圍的關係，我的心已在蕩動不甯了，不久便發現在她的身旁。

我的祖母常和我們講一段磁石山的故事。當任何船舶走近牠時，船的鐵骨立刻便被磁山吸引去了。失卻了效用，鐵釘飛向山去，不幸的船員便在這折裂凌亂的船板中覆滅了。

七月三十日

亞爾伯已回來了，我必須離開此間。……他也很細心周到，在我面前他沒有和夏綠蒂接過一次吻。他真令人欽佩，他對於夏綠蒂的這種敬意，我不得不愛重他。……我對於夏綠蒂的戀慕，以及對於她所表現的一切的興趣，增加了他的勝利，和他對她的情愛。我不願多問有否或因小小的嫉妒而揶揄她，因為我能知道我自己，要是我在他的地位上，我是能免掉這種感覺的。

他的事情，我不相干，我對於夏綠蒂的歡樂已經過去了。這叫做癡情，還是迷戀，我都不管。名號有什麼意義呢？我把事實來說罷！在亞爾伯未來之前，我現在所知道的，早已知道了。早知道我對她不能有所要求，我也從未有過什麼要求，換句話說，即使有充分愛戀可能的景物在面前，也不必渴望牠的享有享受。

我咬緊牙關，感覺著無限的侮辱和嘲弄，因為有人說，這已無可補救，勸我棄念。這種思想簡單的塞詞的支配，讓我避免了罷！我在樹林中盤桓之後，回到夏綠蒂那兒，我不能再前進了；因為亞爾伯正和她坐在花園中的涼亭之內。我已失了主意，動作和傻子一般，竟鬧了許多滑稽的事情。夏綠蒂今天向我說：「請你別再做出像前晚那樣的活劇。你那過分的高興，我可怕極了。」我和你說罷，從那時起，他去訪她的時候，我總走開，看見她獨自一人的時候我便感覺愉快。

八月二十一

徒然的，我向她張開我那兩臂，當我早上從疲倦的睡眠中醒來。徒然的，我夜晚間在床上尋覓她，當那甜蜜夢寐欣悅地騙著我，在牧場上她近傍著我，我便把她的手握住，吻了無數次。有時我在半睡半醒之中，想著她偎在身傍的時，那種懽悅的情緒，淚珠兒便從我苦悶的心中潛流而下，及至喪失了一切的慰藉，我更為未來的憂愁而哭泣了。

八月三十日

我是多麼不幸的人啊！為何我如此自欺呢？這種狂暴的，無目的的，無結果的戀愛究竟有什麼意思呢？我現在除向她之外無所祈禱。除她之外我的想像力中不見別物，圍繞我的一切事物，除對她有關係的以外，都無足輕重了。在這種迷戀的憧憬中，我卻得了許多的快樂時刻，直至我不得不離她而去的最後一剎那間。……再會！我看我這不幸的生活，除了墳墓之外沒有了局。

德國歌德原著
少年維特之煩惱
黃魯不譯
上海龍虎書店出版

上海龍虎書店版本（1936）。

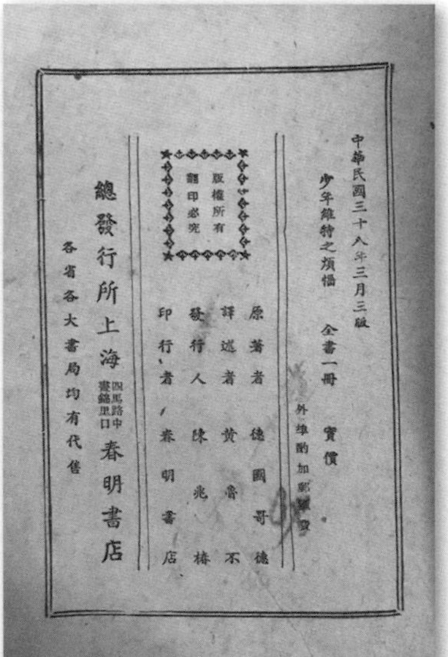
中華民國三十八年三月三版
少年維特之煩惱　全書一冊　實價　外埠酌加郵匯費
原著者　德國哥德
譯述者　黃魯不
發行人　陳兆椿
印行者　春明書店
版權所有　翻印必究
總發行所　上海四馬路中壽鎰里口　春明書店
各省各大書局均有代售

上海春明第三版的版權頁。

十一

用韻文說書的荷馬

傅東華的《奧德賽》（一九二九）

希臘史詩《伊利亞得》和《奧德賽》，是無數西方文學的始祖，而且老少皆宜，既啟發了艱澀無比的小說《尤里西斯》，也有《波西傑克森》和漫威《神力女超人》。這兩部「荷馬」（Homer）史詩，其實風格差異很大，因此有人懷疑兩部的作者根本不是同一個人。據說荷馬是盲眼的吟遊詩人，但也許這兩部作品早就是說書人代代相傳的共同財產，只不過他是最出名的一位說書人罷了。

《伊利亞得》的故事從特洛伊戰爭的最後一年開始寫，到木馬屠城記為止，英雄眾多，戰爭場面很多；而獻木馬策的奧德修斯，則是《奧德賽》的主角，因為觸怒海神，而在海上漂流十年才回到家鄉，途中遇到種種奇幻故事，像是吃了就會不想回家的蓮花（在《波西傑克森》裡面，這種蓮花看起來頗似迷幻藥）、獨眼巨人等等，相信看過《波西傑克森》的觀眾都會感到頗為熟悉。

《奧德賽》很早就有中譯本，而且是韻文體，即一九二九年傅東華的譯本。這個譯本是從英文轉譯[1]的，雖然是韻文，卻通俗易讀，很有說書的味道。如一開場：

1傅東華在序中說自己主要根據古柏（William Cowper）的英譯本。

卷一：奧林帕斯諸神集議　伊大卡[2]國天女贈謀

懿歟繆司！敢煩謳唱，
唱彼希邦名將，勤勞鞅掌，
謀多智足聲名廣，
既逞干戈，
殄[3]滅了特羅亞[4]神聖之邦，
把那天建的金城掃蕩，
便一處處浮蹤浪跡，
一國國問俗觀光。
身冒著、狂濤浪，

2 Ithaca，奧底修斯的城邦。
3 殄（ㄊㄧㄢˇ）：滅絕。
4 Troy，今譯特洛伊。

王雲五主編
萬有文庫
第一集一千種
奧德賽
六冊
荷馬著
傅東華譯
發行兼印刷者 上海寶山路 商務印書館
發行所 上海及各埠 商務印書館
中華民國十八年十月初版
此書有著作權翻印必究

The Complete Library
Edited by
Y W WONG
ODYSSEY
By
HOMER
Translated by
Y W FU
THE COMMERCIAL PRESS, LTD.
Shanghai, China
1929
All Rights Reserved

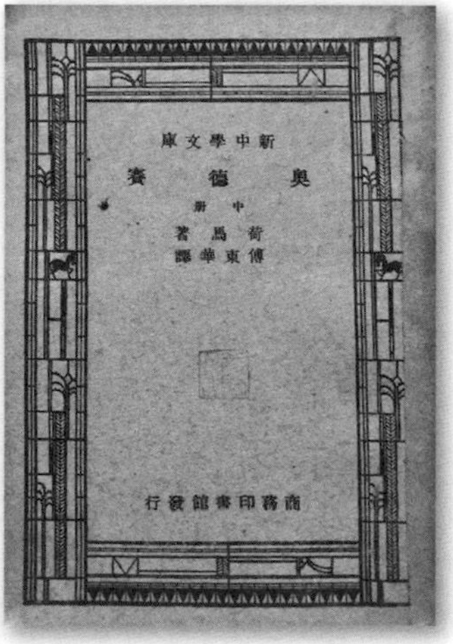

上海商務印書館版本。

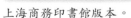

冀率朋曹安返家鄉，
又誰知、一時迷惘，
誤宰了日帝的神羊。
因此上、上干神怒，
阻歸程、設下萬千魔障。
懿歟繆司！宙斯之子！
煩把這其間情由原委，
為吾下界細播揚。

傅東華的譯本有對仗的回目，這段開篇的乞靈詩（invocation），「唱」、「將」、「掌」、「廣」、「邦」、「蕩」、「光」、「浪」、「鄉」、「惘」、「羊」、「上」、「障」、「揚」都是押韻的，大部分是尾韻，也有行間韻（名將、因此上），有對仗（一處處浮蹤浪跡，一國國問俗觀光）；有頂真（因此上、上干神怒），有長有短，念起來十分有味道。再比較一下後來的幾個譯本，包括楊憲益、王煥生、陳中梅三個譯本，都是從希臘文翻譯的。

楊憲益譯[5]（一九七九）：

卷一

女神啊，給我說那足智多謀的英雄怎樣，
在攻下特羅神京後，又飄移到許多地方，
看到不少種族的城國，了解到他們心腸，
他心中忍受很多痛苦，在那汪洋大海上，
爭取自己和同伴能保全性命，返回家鄉，
他終於救不了他的同伴，雖然這樣希望，
他們由於自己的愚蠢，結果遭遇到死亡，
那些人真糊塗，他們拿日神的牛來飽餐，
因此天神就剝奪了他們返回家鄉的時光。
天帝的女兒繆刹，請你隨便從哪裡開講。

5 楊憲益的序寫於一九六四年，大概是遇到文革的關係，一九七九年才出版。

楊憲益的譯本是散文的，只有這首開場詩是韻文。而且很巧，和傅東華押同樣的韻腳「ㄤ」韻。楊譯字數整齊，但「飄移到許多地方」、「了解到他們心腸」似乎有點太過白話，比不上「一處處浮蹤浪跡，一國國問俗觀光」。「天神就剝奪了他們返回家鄉的時光」似乎也太過平常，沒有「阻歸程，設下萬千魔障」那麼有奇幻的威力。

：

王煥生譯（一九九四）：

第一卷　奧林波斯神明議允奧德修斯返家園

請為我敘說，繆斯啊，那位機敏的英雄，
在摧毀特洛亞神聖的城堡後又到處飄泊，
見識過不少種族的城邦和他們的智慧，
在遼闊的大海上身心忍受無數的苦難，
為保全自己的性命，使同伴們返家園。
但他費盡了辛勞，終未能救得眾同伴，

只因為他們褻瀆神明，為自己招災禍：
真愚蠢，竟拿高照的赫利奧斯的牛群
來飽餐，神明剝奪了他們的歸返時光。
女神，宙斯的女兒，請隨意為我們述說。

王煥生是學者，從希臘文直譯，而且追隨原文的六音步，每一句都可以分為六個詞組，如「請為我—敘說—繆斯啊—那位—機敏的—英雄」、「在摧毀—特洛亞—神聖的—城堡後—又到處—漂泊」，可謂相當嚴謹的學術翻譯，但念起來還是比較辛苦，沒有傅東華的版本輕快易讀。下一個譯者也是學者，也是從希臘文直譯的。

陳中梅譯（一九九四）：

告訴我，繆思，那位聰穎敏銳的凡人的經歷，
在攻破神聖的特洛伊城堡後，浪跡四方。

他見過許多種族的城國，領略了他們的見識，
心忍著許多痛苦，掙扎在浩森的大洋。
為了保住自己的性命，使伙伴們得以還鄉。但
即便如此，他卻救不下那些朋伴，雖然盡了力量：
他們死於自己的愚莽，他們的肆狂，這幫
笨蛋，居然吞食赫利俄斯的牧牛，
被日神奪走了還家的時光。開始吧，
女神，宙斯的女兒，請你隨便從哪裡開講。

句子有長有短，也有押韻，讀起來頗活潑，有些句子有楊憲益的影子。不過，一開始跟女神說「告訴我那位凡人的經歷」，語氣好像有點不夠尊重，好像跟女神勾肩搭背似的，「隨便說來聽聽看」。還是傅東華的「懿歟繆司！敢煩謳唱」比較尊重女神。

傅東華（一八九三—一九七一）是很多產的譯者，譯筆流暢，最為人所知的是《飄》（*Gone with*

the Wind），裡面歸化的人名譯法「郝思嘉」（Scarlet O'Hara）、「白瑞德」（Rhett Butler）至今仍膾炙人口。傅東華戰後留在大陸，戒嚴時期名字不能出現，但臺灣大大小小數十家出版社的《飄》，全都是傅東華的手筆。除了《飄》，還有《琥珀》、《慈母淚》、《唐吉訶德》、《奧德賽》也幾乎都是抄傅東華的，可以說是通俗翻譯之王。

以下選錄卷十女妖Circe把船員變成豬的一段，楊憲益曾說這段頗似「板橋三娘子」的故事，是很有趣的比較。

選文

卷十　緣疑忌敗事故鄉濱　賴歡情指點冥間路

……

次日天明，我乃聚舟人把計策商詢。

「辛苦的伙伴們，

我有一言請聽！
我們如今是、東西方向不能明，
究不知、此輪日，
何處初昇何處沈，
所以須急把法兒商忖。

只是我覺得妙法實難尋，
我曾登陟[6]山顛看四境，
只見得四週遭一片汪洋無垠。
原來此處是、孤嶼深處海中心，
只有那中心橡樹林，
透出些煙霧迷冥。」

6 陟（ㄓˋ）：登高。

我說罷，大眾神魂俱寸震，
便想起安替佛提斯[7]的兇橫，
賽克洛普斯[8]的殘忍，
不由得膽戰心驚，
放聲大哭淚如淋；
卻無如[9]這淚兒，解不得我們的困！

我於是，把船眾平分作兩群，
我與攸力洛克斯[10]分班來率領。

7 Antiphatas，會吃人的巨人，曾吃掉不少奧德修斯的船員。
8 Cyclops，獨眼巨人，他們的獨眼是長在額頭中央。
9 無如：無奈。
10 Eurylochus，奧德修斯的手下。

然後仰銅盔將鬮兒拈定[11]，
看須哪一班冒險先行去探聽。
結果是，攸力洛克斯之名先拈出，
他便率領了二十二人垂淚而行，
我們留守的，也不覺慘澹傷心。

他們不一刻，便發見塞栖[12]住宅在叢林，
係光瑩石築而成。
四周遭有山狼獅子臥伏成群，
乃是塞栖用藥草將牠養馴。
他們看見生人，並不奔來欲噬吞，
卻是起身搖尾，宛轉欲依人，

11 拈鬮（ㄐㄧㄡ）兒：抽籤。
12 Circe，傅東華根據英譯本，所以譯作塞栖，若根據希臘文，較接近克爾克。

好一似獵犬兒見主人飯罷出前庭，
向他搖尾乞憐形景，
只為盼望些食物來分。

只是我那舟人，
見這許多猛獸猙獰，
已嚇得渾身戰震，
躑躅門前不敢將身進。
只聽得塞栖由室內發出美妙歌聲，
原來她彼時正把機杼織美錦。

於是當先的坡力提斯[13]第一揚聲，

13 Polites.

他於我平時最親信。
他道：「啊，朋友們，
你聽這其中杼聲札札歌聲韻，
石牆四下起回音。
不知是凡女？是仙人？
我們須得快揚聲。」

他說罷，大眾便揚聲，
塞栖親自出開門，
便把眾人延進。
大家冒失失隨尾而行，
唯有攸力洛克斯獨留門外等，
為怕中牢籠陷阱。

她導眾進至內庭，
囑在座間坐定，
便張筵席餉來賓，
有的是芳甘乳酪麥製餅，
普籃[14]美酒蜜調勻，
卻不知件件都經毒藥混，
但吃的喪卻念家心。

主人屢屢斟，客人屢屢飲，
迨眾人俱有些醺醺，
她便麾動了一隻魔棍，
將眾人吒向豬欄進，

14 Pramnian，一種古希臘的酒。

頓時都化做豬身豬首作豬鳴，
豬鬃森豎豬形整，
只除神智尚清明。
如是，人群變做了豬群，
蒙主人拋些橡子茱萸來養命。

此時攸力洛克斯已覺同人遭不幸，
急急奔回去報信。
他一見我們，心中劇痛欲語不成聲，
只急得眼淚如淋。
我們見情形大吃驚，
急急向他問究竟，
他於是把同人失蹤事始末詳陳。

（聽完回報，奧德修斯急著去救人，攸力洛克斯卻說此去也是送死，不如速速開船離開。奧德修斯獨自去救人，路上遇到黑梅斯[15]贈仙藥。）

黑梅斯囑咐既竟，
即自林間飛舉返天庭。
我步往塞栖之宅，
滿胸中飽塞疑驚。
我立在那魔神門外揚聲，
她聞聲親自出開門，
便囑我和她同進，
我驚疑滿腹勉隨行。

15 Hermes，旅行之神，神與人之間的使者。

她導我直到內裡，
囑我坐在一張美麗銀裝椅，
端一凳為我承履。
然後把金樽調酒醴，
包藏著禍心歹意，
將毒藥暗中放置。

她既斟，我既飲，
真個是藥力並無靈！
她於是魔動魔棍，
對我大喝一聲：
「還不快到豬欄，和你的伴兒同寢！」
我於是從綁腿裡抽出利刀，

恫嚇著向她猛撲，
她便大聲狂叫，登時跪倒，
將我雙膝兒抱，哀哀的央告：

「你是何人？來從何境？
你的宗親鄉土是何名？
我今番用藥無靈，令我心驚！
想從來無論何人，
一經此藥灌入牙關進，
沒有不立時眩暈；
你如今竟爾心清，
真個教人難信！

憶當日那金杖之神[16]，
說有個攸力栖茲[17]，曾在特羅亞掠陣攻城，
將帶歸舟經此境，
你莫非就是此人？
你請把長刀插入鞘中進，
我和你去同衾共枕，
我和你且言歡好互溫存。」

16 Hermes.
17 Ulysses 是 Odysseus 的拉丁名。

十二

戰火下的翻譯
閩逸的《十日清談》（一九四一）

譯者介紹這本書，是要給青年男女們，在這個時代，得著靈魂的安慰，根本不想給偽君子或冬烘先生們讀。但他們究竟長著和我們一樣的血肉，生著和我們一樣的人性，倘他們悄然買去，關起房門，或等到夜闌人靜，拿來閱讀，這是他們歸真反璞，回到自然的懷抱，譯者不敢居功，也不能任咎。

——閩逸

十四世紀義大利作家薄伽丘（Giovanni Boccaccio）的名作*The Decameron*，一般譯為《十日談》，描述黑死病期間，十個佛羅倫斯的青年男女相偕出城避疫，閒居無事，約定每日每人說一則故事消磨時間，十天共說了一百則故事，稱為十日談。這一百個故事擁抱人之大欲，葷腥不忌，不少以教士修女為嘲笑對象，因此被查禁也不足為奇。晚至一九五八年方平、王科一的譯本，仍被中國列為「內部書」，不能公開發售，文革後才重新出版。臺灣的遠景和志文兩家出版社，在戒嚴期間曾用不同的假名出版過方平、王科一的譯本。

這本書最早的中譯本，可能是一九二九年柳安的《十日談選》，上海大光書局出版，根據英文譯本轉譯，只選了八個故事，包括女修道院全體共享小鮮肉園丁的故事。柳安本名羅晧嵐，湖南人，當時在清華讀書，朱湘曾寫信給他鼓勵他譯《十日談》：「這是一本妙書，雖然不及《金瓶梅》，總算趕得上《今古奇觀》了。」但這個譯本翻譯腔頗重，不是很好讀。例如在女修道院中，他是這樣描寫第一次上手的修女：

最早的中譯本：柳安的《十日談選》（1928）。柳安在序中稱作者為「濮加屈」，封面卻把作者寫成「意國漢卜屈」。

> 於是到晚上，那兩個女尼準備停當了，關於那件她們從沒有在什麼地方看見過的可以使他們心滿意足的那回事。那起先倡議的女尼便來到馬賽多那裡要他起來，他便遍身充滿了慾念起身，女尼誘惑似地攜著他到了那所草屋，那時他癡笑著如一個獃子一般，在那草屋裡也用不著多少勾引，他便如了她的心願。

一九三〇年，開明也出了一個譯本，由黃石和胡簪雲合譯。黃石本名黃華節（一九〇一—？），廣東人，讀過神學院，民俗學者。一九四九年赴港，隱居在元朗多年，一九六七年還有在臺灣出書。胡簪雲也是神學院出身，一九四九後先到香港再到臺灣，一九五四年幫林語堂翻譯《信仰之旅》，大多翻譯基督教書籍。他們在序中說根據Thomas Wright的英譯本轉譯，但其實這個版本是W. K. Kelly的譯本（一八七二）而沒有署名譯者，Thomas Wright只寫了導言而已。黃石在序中說：

> 我們所根據的是私家印行的多馬斯·來特（Thomas Wright）的英譯本。我們的英國朋友素來以蘊藉著稱，無論如何始終不失「紳士」（gentleman）的本色，所以原著有些「其言不雅馴」的地方，也便婉轉地改好了，以符合紳士風度。本來我們也未嘗不可找別種本子來參校，後來覺得斯書是給一般青年男女看的，今日在中國還是審慎些好，於是便依樣譯出了。

難怪這個版本最為保守。上面那段故事，對於初試雲雨的描寫極為簡略，只說了句「她們按照這個計畫進行，她們常這樣輪流享樂」。後來知曉的姐妹越來越多，園丁體力不支，大白天在樹下睡覺，風吹開了衣服，修道院長看了也一時情動，拉進房裡，連著幾天都不放出來，姊妹群起抗議。這麼有趣的情節，黃石的版本也只說：

最後那庵長自己也為同樣的好奇心所激動，叫他遷到她的寢室裡去，一連和他同住了數天。

實在有點紳士過頭。又如第七日的第二個故事，一個老婆在家偷情，老公突然回家，她叫情人躲進大酒桶，跟老公說有人要買桶子；情人爬出來假裝說桶子不夠乾淨，騙笨老公進到桶子裡刮乾淨，兩人還在桶外抓緊時間打炮。

黃石譯本是這樣寫的：

當他（丈夫）正在忙著他的工作的時候，她在外面不歇地叫他刮得好一點，而同時卻利用這個時間去互相溫存。

而閩逸的譯本就具體多了：

壁倫妮（老婆）站在桶邊，把她的頭及肩和一條臂，塞住桶嘴，伏在上面，好像在監視丈夫的工作似的，不住的說：「括這邊，括那邊。那邊還有些兒未括。」當她站在那裡指點丈夫的時候，那詹尼洛（情夫）因那天還未上手，她的丈夫就回來，正饞得緊，現在看見有機可乘，便決定要利用這機會。他走到女子的背後，那女子頭雖伏在桶嘴，大半個身子卻站在桶外，他就放縱帕提亞國的牡馬，進攻前面的牝驢，居然滿足青年人的大欲，直到桶裡括除完畢，才審慎收場。

即使我們不知道什麼是「帕提亞國的牡馬」，也完全不妨礙我們領略劇情。沈鵬年在他的《行雲流水記往》說：「《十日清談》與開明版的譯本相較，顯得大為遜色。」我不知道他比較的依據是什麼，可能是茅盾有稱讚過開明版吧！但我自己比較喜歡《十日清談》，覺得語言生動好笑。回到前面那個女修道院的故事，《十日清談》是這樣譯的：

她們搜索園裡，一切靜寂，覺得沒有被人發覺的顧慮了，那首先動議的姑子，便走到馬錫多身邊，把他搖醒。他立即站了起來，她用媚態牽著他的手，他則報以傻笑，二人來到草舍，他不再等待邀請，做完了她所希望的事情。

既沒有柳安譯本的翻譯腔，也不像黃石譯本那麼簡略，是一個讀來十分愉快的版本。《十日清談》的譯者「閩逸」，本名陳寰（一八九二－一九四三），字「天放」，以字行。他是金門人，幼年在金門上過私塾，菲律賓大學畢業，一九二〇年代在菲律賓幾所學校任教。一九二七年回中國，當過福建惠安縣縣長和金門縣縣長。但回金門當縣長時，與國民黨黨部不合，憤而去職，回到他熟悉的馬尼拉經商辦報，算是僑界領袖。他一九四一年在馬尼拉譯出《十日清談》，原書封面有英譯者Richard Aldington的名字。Aldington英譯初版於一九三〇年，根據譯者序：「這本書有很多褻瀆宗教的尊嚴的地方，曾有一個時期，被視為禁書。但隨著時代的進化，馬尼拉各大書店，已經公開販售。」所以他可能是在馬尼拉買到英譯本。譯稿完成之後，他寄給上海的世界書局，署名「閩逸」，譯序結尾寫「中國民國三十年三月譯者寫於菲律賓之青山綠水旁」。

一九九〇年代，世界書局老出版人朱聯保回憶說，一九四一年陳天放從菲律賓寄了譯稿給位居「孤島」的世界書局，書局接受譯稿，排印出版，印了五百本。但十二月就爆發了太平洋戰爭，菲律賓被日軍占領，世界書局也被日軍查封，從此他未聞譯者陳天放的下落，還說希望他安好。其實陳天放早在一九四三年，因主編親日的華文馬尼拉新聞，遭到福建同鄉刺殺身亡。

想想這本奇書，在馬尼拉成書，初版在孤島上海只印了五百本，隨即遇到太平洋戰爭，書局被查封，譯者也身亡，看來很容易失傳。沒想到卻在一九六〇年代的臺灣，被翻印了數次，真是奇妙！

The Decameron
Of GIOVANNI BOCCACCIO
TRANSLATED BY RICHARD ALDINGTON
ILLUSTRATIONS BY JEAN DE BOSSCHÈRE
十日清談
闓逸譯
世界書局印行

世界書局版封面（1941），作者、書名、英譯者都直接用原文。

以下選文出自第三日的第一個故事：「少年馬錫多，假裝啞子，在一個女修道院當園丁，院裡的女尼，爭著要和他同睡。」

選文

少年馬錫多[1]，假裝啞子，在一個女修道院當園丁，院裡的女尼，爭著要和他同睡。

在我們鄰近地方有一所尼姑的修道院，素來以聖潔馳譽遠近，為避免減損牠的榮譽，恕我不能把院名說出來。不久以前，這院裡有一個女住持和八個尼姑住著，都是年青的婦女。院裡一個美麗的花園，僱一個園丁管理，不料這園丁嫌他們工資刻薄，便和管事人算清工資，回他的故鄉南朴雷裘[2]去了。鄉人們歡迎他回鄉，內中有一個強健的年青人，是個漂亮的農夫，名叫馬錫多。他問奴多[3]（園

1 Masetto.
2 Lamporecchio，義大利托斯坎尼區的一個城鎮，在佛羅倫斯以西三十公里左右，現在譯為蘭波雷基奧。
3 Nuto.

丁的名字）在那裡工作了多久，奴多據實告訴他。

他又問奴多在那裡做些什麼工作，奴多答道：「我在那裡管理一個美麗的大花園，有時也到林子裡採些柴薪，挑挑水，和做些別的雜務。但尼姑們只給我這一點工資，幾乎不夠買鞋子。況且她們都是青春年少，似乎有魔鬼跟著她們，我做的事情總不能使她們歡喜。

「有一次我在園裡工作，一個姑子道：『把這個放在那裡』，另一個道：『把那個放在這裡』，第三個把我手裡的鋤頭搶去說：『那樣做不對啊』。我看她們這樣麻煩，就踏出花園，放棄那工作了。我並且不願在那地方再住下去，所以回到這裡來。那裡的管事人叫我回鄉以後，介紹一個人前去，我也含糊答應了；但上帝知道我是不願意替他找人的。」

奴多的話使他渴望親近那些尼姑，因為他覺得據尼多所說的情境，牠或者能夠滿足自己的願望。他又想這事還是不要讓奴多知道好，便用批評的語氣道：「噯！你離開的好。一個男人怎能跟許多女人做事呢？跟魔鬼做事倒還好些。女人們十次有九次不知道自己要什麼東西的。」

他們談話以後，馬錫多開始構思怎樣能夠得尼姑們的收留。他覺得對於奴多所說的工作，自己當能勝任，但自己年紀太輕且品貌不差，恐怕不能入選。經過了許多的考慮，他暗想：「那地方離這裡很遠，那裡又沒有人認識我。如果我假裝一個啞子，必定會被取的。」

他腦筋裡存著這種思想，肩膀上放著一把斧頭，扮成一個貧民的樣子，也不告訴人家要往何處，便出發投那女修道院去了。到的時候，他就走了進去，在庭院中，找到那個管事的。他假裝啞子，用手勢請求體念上帝的仁慈，給些食物，願劈薪報效。

管事的讓他吃了些東西，然後給他許多從前奴多劈不來的木頭，但馬錫多本來很強健的，頃刻間就把那些木頭劈完了。管事的又帶他到林子裡去，叫他砍樹，把木柴放在一匹驢子的背上，又演著手勢，叫他把驢子趕回去。他把這些事情都做得很好，管事的便把他留下來幫助各種工作。一天女住持看見他，問管事的他是什麼人。

管事的答道：「女主人，他是一個又聾又啞的窮人，有一天他在這裡乞食，我給他吃，就把他留下，幫點工作。如果他知道花園的工作，又願意住下，我想倒是一個好園丁，我們可以叫他憑著我們的意思工作。況且你也免掛慮會和你那年輕的姑子們戲謔。」

女住持道：「你的話很合上帝的真理。讓他試試看，是否會做園丁，然後設法把他留下。先給他一雙鞋子，一件舊外衣，奉承他，並須給他充足的食物。」管事的敬謹受命。

此時馬錫多在院裡掃地，離開他們說話的地方並不遠，聽見了所說的一切。他心中大樂，對自己說：「如果你把我放在花園裡，我會把牠收拾得整整齊齊，比從前更加完善。」

管事人看馬錫多工作勤謹，很是合意，演著手勢問他肯不肯留在院裡；馬錫多也用手勢答覆表示願意；管事人就把他帶進裡頭，叫他在園裡工作，並指示他應做的事情。馬錫多日日在那裡工作，漸漸和那些姑子混熟了，這些姑子有時會故意嘲弄他，有時在他的旁邊唱起歌來，有時甚至對他說出最頑皮的言語，絕不想到他句句都聽很清楚，女住持也完全不注意這些事，大約她想不會說話的人前面也不會有尾巴的。

一天，他做了許多笨重的工作，有些倦了，躺在樹蔭下休息。兩個年紀很輕的尼姑恰在這個時候來到花園裡。她們行到馬錫多旁邊，他假裝睡覺，她們就把他看了一看。其中一個膽量較大的道：「如果你肯守秘密，我要告訴你一件時常想到的事情，這或者你也歡喜的。」

別一個道：「說出來吧，我決不對別人提起。」

那較有勇氣的姑子道：「不知道你有沒有想到，我們住在這裡，真像坐監一樣，除了年紀老耄的管事人和這個喑啞的園丁，再沒有別的男子敢進來。我多次聽見到這裡看我們的女人說，世界上其他的樂事，完全建築在男人和女人的關係上。我很想同這個啞子試試看，因為除他以外，再沒有第二個了。況且他又是最妥當的一個，因為就算他事後要譏誚我們，也口不從心。你看這傻子，雖然智力差些，卻發育得很壯碩。不知道你對這件事的意思怎麼樣。」

「啊！」第二個道，「你說什麼呀？你忘記我們已經把處女的貞操答應了上帝了嗎？」

「哼！」第一個道，「我們一天做了多少的答應，幾曾遵守過？是的，我們有這種答應，讓別人遵守好了。」

她的同伴又道：「如果懷了孕，卻怎麼辦呢？」

第一個答：「你想到這未來的煩惱。等到真有此事，我們再來想法子。要保守這種事情的秘密方法多著呢，只要我們自己不說出來。」

第二個姑子這時已經比第一個更想試試男人的獸性究竟怎樣，便道：「好是好的，但到什麼地方去呢？」

第一個答：「你看現在正是午睡時候，除了我們兩個，其餘的姐妹我想都在夢中了。讓我們先找找看園裏還有別的人沒有，如果沒有，我們可以攜他的手到那避雨的草舍，一個跟他進去，一個在外把風。他是這樣的傻，我們正可以暢所欲為。」

馬錫多完全聽見了，很願意服從她們，只等她們來牽他。她們搜索園裡，一切靜寂，覺得沒有被人發覺的顧慮了，那首先動議的姑子，便走到馬錫多身邊，把他搖醒。他立即站了起來，她用媚態牽著他的手，他則報以傻笑，二人來到草舍，他不再等待邀請，做完了她所希望的事情。她滿足慾望以後，就讓她的同伴進去，馬錫多假裝傻瓜的樣子，任她擺佈。在她們離開以前，她們每人再來一次，看看這啞子怎樣能使她們快意。事後她們秘密談及，都承認這事比從前耳食[5]的更有趣；遇有機會，她們就去和啞子享樂。

一天，另一個姑子從臥房的小窗子窺見她們做得好事，就叫另外兩個姑子來同看。起初她們想向女住持告發，後來改變宗旨，和前兩個成立諒解，成為馬錫多田園的共有人。不久，其餘的三個，因別的事件發現，也都加入了。

最後，那還在鼓裡的女住持，有一天，獨自一人在果園散步，偶然走到馬錫多憩息的地方。他因夜裏工作太勤，白天稍為勞力便疲乏了，這時卻躺在一棵杏樹下熟睡。好風吹過，把他的下衣飄起，什麼都顯露出來。女住持呆視了一會，也和姑子一樣，受著肉慾的襲擊。她叫醒馬錫多，把他帶到自己的房間，數天不放出來。從前譴責別人的，現在身居其間，樂了又樂，完全忘記了。尼姑們因園丁不來園裏工作，也不免口出怨言。

後來她把他放出來，但常常再叫他進去，逾越她應有的分額，使馬錫多疲於奔命。他覺得如果再

5耳食：傳聞，聽說。

裝啞子下去，恐怕性命難保，乘著和女住持歡宿的機會，舌筋靈動，忽然說出話來道：「女主人！我聽見人家說過，一隻雄雞可以滿足十隻雌雞，但十個男人不能滿足一個女人。現在我一個人要滿足九個女人，有點不能支持了。你看我已經精疲力竭，不能做別的事情了。你必須讓我他往，或想出補救的辦法。」

女住持聽見啞子說話，不覺呆住了道：「這是怎麼講呢？我想你是個啞子。」

「女主人！」馬錫多道，「我是啞子，但不是先天的，是因為患了重病，喪失說話的機能，才變成瘖啞，今晚忽能恢復，我應當感謝上帝。」

女住持相信他的話，並問他怎麼說要滿足九個女人。馬錫多把實情告訴她。女住持聽了這話，才知道她的姑子已經都佔先了。她很謹慎，不肯讓馬錫多回去，決定要和姑子們商量一個妥當的辦法，免得他出去了，醜聲外揚。

她們公開討論後，決定照以往的辦法，各人在背後趕各人的事[6]，不相妨礙，並一致同意（馬錫多也同意）向外宣傳說，女修道院的啞園丁馬錫多，因多年虔誠祈禱和院裡聖神的靈感，已經恢復說

6「趕男子」是說和男人廝混。

話的機能，那區域的民眾，果然深信不疑，稱為奇蹟。

後來老管事人死了，馬錫多升做管事。他的工作，按照他的能力分配，大家相安。工作的結果，產生了一大群的小比丘，但事情做得十分機密，外間無人知道，直到女住持去世的時候，馬錫多年紀已老，又積了些錢，急欲回家，這事情才傳開出去。事情掀開的時候，他也同時告退了。

馬錫多離開家鄉的時候，別無長物，只肩膀上一把斧頭。回來時，老了，富了，做了爸爸又無須教養孩子，原因是他會機智地利用他的青春。他常常對人家說，他敬事基督總是採取這種作風，在基督頭頂裝上幾個牛角。

十三

郁達夫殘稿疑案

汎思的《瞬息京華》（一九四六）

林語堂最著名的小說*Moment in Peking*（一九三九），其實是一本英文小說，於中日戰爭期間在美國出版。一出版即成暢銷書，不但被《時代雜誌》選為一九三九年最佳小說，甚至林語堂也因此在一九四〇年被提名諾貝爾文學獎，可惜當年因歐戰關係暫停頒獎，與諾貝爾獎擦身而過。林語堂本想翻譯《紅樓夢》，後來覺得美國讀者不易接受，因此改寫小說。他從紐約寫給郁達夫的信中說：

> 今日西文宣傳，外國記者撰述至多，以書而論，不下十餘種，而其足使讀者驚魂動魄，影響深入者絕鮮。蓋欲使讀者如歷其境，如見其人，超事理，發情感，非借道小說不可。況公開宣傳，即失宣傳效用，明者所易察。弟客居海外，豈真有閒情談說才子佳人故事，以消磨歲月耶？

可見寫作時就以打動西方讀者，爭取同情為要務。這部作品人物模仿《紅樓夢》，也是林語堂自己承認的，說是「木蘭似湘雲，莫愁似寶釵，紅玉似黛玉……迪人似薛蟠，暗香似香菱，阿非則遠勝寶玉」云云。又在批評鄭陀、應元杰合譯本《京華煙雲》時說：「我不自譯此書則已，自譯此書，必先把《紅樓夢》一書精讀三遍，揣摩其白話文法，然後著手。」可見林語堂心目中理想的譯本，應該很像《紅樓夢》。可惜他忙於以英文著述，沒有時間自譯，委託給郁達夫翻譯，預付稿費，還建議書名可用《瞬息京華》。

郁達夫在《星洲日報半月刊》上兩次提過這本書，一九三九年八月還不知道作者建議的書名時，稱為《北京一剎那》；一九三九年九月接到林語堂委託翻譯的信，已知作者建議書名為《瞬息京華》，但他在一九四〇年五月仍把書稱為《北京的一瞬間》，可能是他屬意的書名。只是最後傳世的書名，都不是兩個人取的，而是鄭陀、應元杰取的《京華煙雲》。

郁達夫接受了委託，到底有沒有翻譯呢？一九四〇年五月，他自承：「我正為個人的私事，弄得頭昏腦脹，心境惡劣到了極點，所以雖則也開始動了手，但終於為環境所壓迫，進行不能順利……我也很感到對林氏的歉意。」郁達夫與王映霞當時正在鬧離婚，因此心緒不佳可以理解。六月間，則稱：「譯事早已動手，大約七月號起，可以源源在《宇宙風》上發表。」但《宇宙風》已從上海遷去香港，郁達夫的翻譯始終沒有在《宇宙風》上連載。一九四一年，郁達夫在新加坡主編《華僑週報》，郁飛（郁達夫與王映霞的長子，當時十一、二歲）建議爸爸在《華僑週報》上連載譯文，一方面履行前約，一方面也可以提高週報的聲望。連載了一段時間，太平洋戰爭爆發，日軍占領新加坡，《華僑週報》因抗日色彩鮮明，收藏皆被毀。這些字數不詳的譯文，至今始終沒有人找到。等到一九四五年戰爭剛結束，郁達夫就死於日軍之手，再也沒有完成譯稿的可能。

郁飛始終惦記這件事情，終於在一九九一年推出他翻譯的《瞬息京華》。林語堂雖然為郁達夫親自詳注小說中人名典故，但郁飛似乎也沒有占到便宜，因為郁達夫的注解本和譯稿都失傳了。研究郁達夫的陳子善教授曾在二〇一五年走訪陽明山林語堂紀念館，寫了一篇文章〈語堂故居仍在，達夫手稿安在？〉，文中說林語堂的女兒林太乙親口告訴過他，確實把刊有郁達夫譯文的《華僑週報》捐給臺北市立圖書館了，後來移交林語堂紀念館，但館方卻說沒有此文件，讓陳子善無限惆悵。（比較不合情理的是，如果林太乙手上有郁達夫譯文，為何不寄給郁飛？）沒想到林語堂故居在二〇一五年十月卻公開一份刊登在《華僑評論月刊》上的《瞬息京華》，日期從一九四六年七月到一九四七年二月，連載到原作的第二章，署名「汎思」譯。雖然刊名不是林太乙和郁飛說的《華僑週報》，署名也不是「郁達夫」，開始刊登的時候郁達夫也已經遇害，但林語堂故居官網直接宣布這就是郁達夫的譯稿。

後來一些關心此事的學者開始質疑這份殘稿是郁達夫所譯，理由包括：這個譯本用了章回的套語，如「話說」、「且說」之類的，與郁達夫的習慣不合；還有《華僑評論月刊》是國民黨的報紙，素來與郁達夫沒有往來；再來就是我也提過的時間問題：郁達夫一九四五年遇害，這份譯稿卻是從一九四六年開始連載。所以林語堂故居的官網也不再聲稱這是郁達夫的譯稿，只說是《華僑評論月刊》所刊載之《瞬息京華》。

無論這位「泛思」是否為郁達夫，我覺得這個譯本還滿符合林語堂的想像，也比現有的幾個譯本好。林語堂自己在〈談鄭譯瞬息京華〉長文中，自己示範譯過一小段。以下是鄭陀譯本和林語堂自譯本的對照：

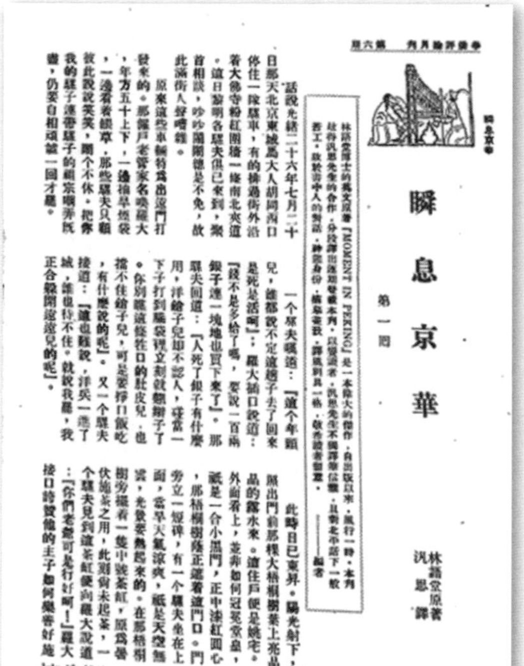

華僑評論月刊　第六期

瞬息京華

第一回

林語堂原著
汎思譯

林語堂博士的英文原著「MOMENT IN PEKING」是一本偉大的傑作，自出版以來，風行一時。本刊社承汎思先生的合作，分段譯出逐期發載本刊，以饗讀者。汎思先生不獨譯筆信雅，且對北平話下一番苦工，故於書中人的對話，神態身份，描摹審致，譯筆則具一格，敬希讀者留意。——編者

話說光緒二十六年七月二十日那天北京東城馬大人胡同西口停住一隊騾車，有的排過街外沿着大佛寺粉紅圍牆一條南北夾道。這日黎明各騾夫俱已來到，聚首相談，吵吵鬧鬧總是不免，故此滿街人聲嘈雜。

原來這些車輛特為出這門打發來的。那掌戶老管家名喚羅大，年方五十上下，一邊抽旱煙袋，一邊看看餵草。那些騾夫只顧彼此說說笑笑，鬧个不休。把你我的騾子連帶騾子的祖宗嘲弄既盡，仍要自相頑笑一回才罷。

一个騾夫嚷道：「這个年頭兒，誰都說不定這趟子去了回來是死是活啊」。羅大插口說道：「錢不是多給了嗎，要說一百兩銀子連一塊地也買下來了」。那騾夫回道：「人死了銀子有什麼用，洋鎗子兒卻不認人，碰着一下子打到腦袋裡立刻就翹辮子了。你別瞧這條牲口的肚皮兒，也擋不住鎗子兒，可是要掙口飯吃，有什麼說的呢」。又一个騾夫接道：「這也難說，洋兵一進了城，誰也保不住。就說我罷，我正合躲開這這兒的呢」。

此時日已東昇，陽光射下，照出門前那棵大梧桐樹葉上亮晶晶的露水來。這住戶便是姚宅。外面看上，並非如何冠冕堂皇，祇是一合小黑門，正中漆紅圓心，那梧桐樹蔭正遮着這門口。門旁立一短碑，有一个騾夫坐在上面，當早天氣涼爽，祇是天空無雲，先覺要熱起來的。在那梧桐樹旁擺着一隻中號茶缸，原為暑伏施茶之用，此刻尚未起茶，一个騾夫見到這茶缸便向羅大說道：「你們老爺可是行好啊！」羅大接口詩贊他的主子如何樂善好施

July 16, 1946　　—42—　　1

《華僑評論月刊》上連載的《瞬息京華》（1946）。

鄭陀：

「媽媽，」珊姐勸著道，「什麼事都是上面注定的；沒有人可以確定他們的前途是禍是福。你還是莫要這樣傷心，致妨礙身體。要趕的路程有長長一段呢，許多人的生命都還依靠著你……」

林語堂：

「媽，」珊姐勸道，「凡事都由天定，是吉是凶，誰也保不定。請媽快別這樣，保重些好，前途要趕的路還遠著呢，這一家大小都靠你一人……」

林語堂還說：「文言虛飾萎弱之病，白話作家有過之無不及。欲救此弊，必使文復歸雅馴……鄙白話之白，易之以文言可，代之以洋語不可。」可見林語堂若要翻譯，走的也必然是歸化路線，更何況這本小說本來就是寫晚清到民初的中國，歸化更是合理。以下比較幾個譯本的開頭：

一、最早譯出的是鄭陀、應元杰譯的《京華煙雲》（一九四〇），也是臺灣頗為流行的譯本。遠景版沒有署名譯者，只寫「林語堂著」，讓不少讀者誤以為這本是林語堂用中文寫的作品：

一九〇〇年七月二十那天，一個大清早。北京東城馬大人胡衕西口，橫列著一群騾車兒，一條線的直接到沿著大佛寺紅牆根南北向的那條小路頭。那班趕騾的伕子是起身早慣了的，天剛破曉，三三兩兩地都已等候在那裡了。他們一夥兒一個個是饒舌的傢伙，那一天有了那麼許多淘夥兒候攏在一起，清晨的空氣裡免不掉激騰起煩瑣的喧擾聲來了。

羅大已經是個五十來歲的老年人，便是這一家僱了大批騾車兒，準備趕路的公館裡的總管家，正吸著旱煙管看那些騾伕們一壁還在喂牲口，嘴裡卻不住的開玩笑，你嘲我的我嘲你的，從牲口取笑到牲口的祖宗。

二、譯者生平不詳的汎思《瞬息京華》（一九四六）殘稿：

話說光緒二十六年七月二十日那天，北京東城馬大人胡同西口停住一隊騾車，有的排過街外沿著大佛寺粉紅圍牆一條南北夾道。這日黎明，各騾夫俱已來到，聚首相談，吵吵鬧鬧總是不免，故此滿街人聲嘈雜。

原來這些車輛專為出遠門打發來的。那僱戶老管家名喚羅大，年方五十歲上下，一邊抽著旱煙袋，一邊看著餵草，那些騾夫只顧彼此說說笑笑，鬧個不休。把你我的騾子連帶騾子的祖宗嘲弄既盡，仍要自相頑謔一回才罷。

加了「話說」，西元改為「光緒」，語法也比前一個譯本符合中文習慣。鄭應譯本很囉唆，第一段就出現「大清早」、「破曉」、「清晨」三個意義重複的語詞，汎思譯本則只用了一次「黎明」。第二段的第一句尤其可以看出翻譯功力高下。原文以「羅大在抽煙」作為主要句子，其他資訊都包在層層子句，不易拆解。鄭應譯本這個句子很拙劣，「羅大已經是個……便是……正吸著……」翻譯腔很嚴重。何況以羅大開頭和第一段銜接不上，有點突兀。汎思輕巧的一句「原來這些車輛專為出遠門打發來的」，承上啟下，看來全不費力，其實大師手筆就在此處，非常精采。

三、文化大學教授張振玉的《京華煙雲》（一九七八）。張振玉（一九一六－一九九八）是老北京，畢業於北京輔仁大學，曾師事名譯家李霽野、張穀若、英千里等，對話自然流暢，遠勝鄭應合譯本。他的譯本第二版還有回目，第一回「後花園主埋珠寶／北京城人避兵災」，開頭是：

光緒二十六年七月二十日早晨，北京東城馬大人胡同西口兒，橫停著好些騾子車，其中有幾輛一直停到順著大佛寺紅牆南北向的那條胡同。趕騾子車的都起身早，天剛破曉就來了。大清早晨就在那兒喊喊叫叫的。其實這些趕大車的一向如此。

羅大是五十來歲的老年人，是這一家的管家，僱了這些騾子車，是準備走遠道兒的。他現在正抽著旱煙袋，看那些騾夫們餵牲口，一邊吵吵鬧鬧地開玩笑，從牲口取笑到牲口的祖宗。再沒話可說了，就取笑到他們自己頭上來。

雖然可以看出努力歸化，如也用「光緒」取代西元，但還是有點囉唆，如「早晨」、「破曉」、「大清早晨」的重複；另外第二段的第一句，還是以「羅大」開頭，也犯了銜接不順的問題。

四、郁達夫的兒子郁飛所譯的《瞬息京華》（一九九一）：

光緒二十六年七月二十日清早，一批騾車來到北京東城馬大人胡同西口，有幾頭騾子和幾輛大車一直排到順大佛寺紅牆的那條南北向的小道上。趕車的起身早，天剛亮就來了。他們七嘴八舌，大清早就免不了人聲嘈雜的。

五十上下的老人羅大是僱了這些騾車即將出遠門的這家子的總管，正抽著旱煙管注視趕車的餵牲口；而趕車的則彼此說說笑笑，吵吵鬧鬧，從牲口鬥到牲口的祖上，最後互相逗樂。

雖然郁達夫是林語堂指定的譯者，但郁飛的譯本卻有很嚴重的翻譯腔。其他三個譯本都是先說地點「北京東城馬大人胡同西口」，再談物事，正規中文寫法；只有郁飛的「一批騾車來到北京東城馬大人胡同西口」以騾車為主語，顯然受到英文影響。但車是停著的，並不是現在來的，所以他的寫法不好。羅大那個句子也非常冗長而歐化。目前市面上最常見的是張振玉譯本，郁飛譯本市場反應並不佳。有些批評家為郁飛抱不平，說郁飛的譯本最為忠實。但無論忠實與否，郁譯本的歐化句子實在太多，如「全都屬於被愛好此道的道學家視為哪怕不是傷風敗俗之至也是很低賤的社會階層」、「這使得他屬於最早吸取正在開始改變中國社會的新思想的一代人」、「經歷了這些及時抓住的愉快的瞬間她對人生是看得透徹得多了」，實在不是出色的譯本。

以下錄汎思譯本中姚家準備逃難的一段，取自原書第一章後半。

選文

且說京內兵端已起，德使早為甘軍[1]殺害。那東交民巷[2]自被圍攻，各國使館衛隊，指望援軍由津北上，已困守兩月之久。那榮祿為太后親信之一，原奉旨統領禁衛軍夾攻各國使館，但暗中密令保護，惟東交民巷附近及正陽門一帶街路早已化為一片焦土。其時京內實已成為拳匪世界，那清廷早有太阿倒持[3]之勢。甚至一般挑水掏糞的頭上非戴紅黃布巾，也不准依常操業。

事到如今，那姚老爺始終不想遷動。祇是家裡兩三座大洋鏡子和一架稀罕的伸縮望遠鏡令人毀了。這姚宅距那蹂躪之區尚隔著兩三道街。姚太太雖已再三央告趁早離開這般殺人越貨無法無天的地方，但那姚老爺只是置若罔聞。原來那時兵師雲集郊外，他已想定一動不如一靜，而且事有前定，莫如聽其自然。

1 甘軍是來自甘肅的團練兵，前一年入京，歸榮祿手下。光緒二十六年六月二十日，德國公使被殺，次日清廷即對八國宣戰。
2 東交民巷為各國使館聚集之地。
3 太阿是寶劍名，倒持太阿是說把劍柄給人，劍端對著自己，比喻大權在旁人手上。

姚太太因見他如此冷靜，越發氣煞，指他一生一死祇是守著他那花園骨董。迨聯軍逼近京師，人心愈慌，深恐來掠空城。姚太太又向他勸道：「就說你自己不怕死的話，也應該替孩子們想一想。」姚老爺猛然聽了這話，雖然嘴裡咕嚕路上未必太平，但是心內早被說動了。

於是七月十八日那天下午，夫婦二人立時議定南歸。姚老爺盤算了一回，如乘騾車，一直南下，有八九日路程，趕到山東德州，便可平安。原來山東新任督撫，早將拳匪肅清，地方已經太平。那義和團本在山東源起，接連鬧出幾件教案，內中有一件致使清廷把膠州灣租讓德國，且在任督撫因袒護義和團亦被撤職。事後那新任督撫袁世凱一日把那義和團一個頭目叫來，當面實驗他們的神通本領。這個頭目便命十個團員，排立在一隊來福槍手面前，祇聽號令一發，登時鎗響。說來也奇，不見一人受傷，敢情放的是空鎗。那頭目自是洋洋得意，正要喊「您瞧」一語未盡，祇見這督撫從身邊掣出自己的手鎗，早把那些人一個一個的都槍斃死了。自是以後，那義和團在山東省內便無術可施，未久一掃而空，都竄到直隸省去了。

且說姚太太見姚老爺去意已決，遂問道：「咱們哪一天動身呢？」

姚老爺答道：「後天吧。一來騾車先要僱好，二來行李多少也要收拾一下。」

那姚太太既然費了一番唇舌，好不容易把姚老爺說動走了，但此刻想到行李，不禁慌張起來，因叫道：「這樣多的東西，又是箱子，又是地毯，又是皮桶兒[4]，又是首飾，還有你的骨董，一天的工夫叫人家怎能收拾完呢？」

姚老爺道：「我的骨董，用不著你操心。房間一切東西，可依舊不動。除了帶上幾件單衣和一些銀子之外，沒有什麼可以打點的。咱們本是逃難，並非出門取樂。家裡只要留下羅大跟兩三個看著罷了。說不定拳匪來搶，或者官兵來搶，或者洋兵來搶，也許整個房子都燒了。要是通通免得了，就免得了。要是丟了就丟了。」

姚太太仍又問道：「莫說那些皮桶兒和寶貝都留在這兒嗎？」

姚老爺道：「你打算要多少輛車呵！光是坐人就得五輛，只怕連這幾輛還找不到呢。」

說罷，旋喚羅大來到正廳，吩咐道：「明天我要你一道兒歸著[5]一點東西，把一些磁玉器和幾幅好字畫收起來，至於櫥櫃架子無須搬動。明夥要來搶的話，讓他們隨便拿就是了，犯不著為了這一點不值一文的東西，去拼你這一條老命。」

羅大原在姚家當差有年，和姚太太既是小同鄉又略有些瓜葛，故此姚老爺放心把一輩子的家當都

4 也寫作皮筒兒，毛皮大衣。
5 整理，收拾。

留給他管。姚老爺吩咐羅大完了，便又託付馮舅爺次日先備些金條銀錁[6]路用盤纏，再去御醫處求一個人情，俾得官廳沿途保護。

且說七月十八日那晚，姚老爺獨自睡在西南院書房。夜深起來，親至下房將羅大喚醒，叫他點上一盞燈，並帶耙子鏟子一樣一把，靜靜的跟著一道兒到後花園去。主僕兩個老頭兒走到一棵棗樹下，把幾個檀香匣子埋在那裡，那些匣內原是姚老爺自己仔細包好的六件周漢銅器和印石翡翠數十塊。二人在星夜燈光下費了一個多鐘頭的工夫，方才埋好。……

且說羅大打起簾子，端進茶來。先倒好一杯送到炕上，給姚老爺漱口。羅大說道：「老爺，這趟路上未免辛苦，今兒您得好好的歇一歇。車子還說不一定能不能僱得上呢，早半天總該有回信來。」說完又倒上一杯茶，一面接道：「我又想了想這回事，實在擔不起。您看還是請馮二爺留在這兒妥當一些吧。可是碧霞、錦兒、銀屏、麝香，您全得帶走。這個年頭兒，女的總是惹禍。」

姚老爺道：「這話倒是不錯，可是馮二爺要跟我一道走。你叫老丁老張合你一齊看家就是了。」那丁張二人乃是開在王府井大街一間藥舖裡頭的老伙計。這條街在姚宅以南，相距有幾條胡同，那間

6 錁（ㄎㄜˋ）：小塊的金錠或銀錠。

藥舖因祇賣本國藥材和茶葉，顯與洋人無涉，故此匪徒未來騷擾。羅大聽到姚老爺如此吩咐，應聲答道：「就照這麼辦了。您千萬別再添人。宅門裡總是人少是非少。」

待羅大掀簾退出，姚老爺方在靜坐沈思未久，忽聞木蘭呼喚：「爸爸，您已經起來啦！」這木蘭梳著一條漆黑的辮子，兩眼明亮，長的原本不大，又是穿上一件薄薄的單衣，身材格外顯小，看不出是個十歲的姑娘。

姚老爺見木蘭進來，問道：「媽媽起來了麼？」

木蘭回道：「除了大哥哥跟妹妹兩個人，別人都起來了。」……

父女二人方才講完，只見碧霞來說：「太太問老爺起來了沒有，要是起來的話，請過去有事商量。」

姚老爺問道：「馮二爺起來沒有？」

碧霞回道：「已經在那兒等候。」

於是姚老爺帶著木蘭穿過月門，一逕走到後院子裡來，只見珊瑚正在這裡忙來忙去，把皮箱子一件一件的搬到堂屋裡攤滿地上。珊瑚見姚老爺來到，連忙請了早安，把箱子騰開，讓出路來。姚老爺見她蹲在地上，仍然穿著一身睡衣，戴著夜裡睡覺梳的那條辮子，活像一個小閨女，因說道：「你還沒有梳頭。吃完早飯要去梳。」

珊瑚立起笑道：「吃完早飯後，只怕要熱起來了，不如現在就去梳吧。」於是跟著姚老爺一路穿過西套間兒，進去一間耳房。只見姚太太坐在床上，馮舅爺身穿一件半舊白洋沙大衫坐在旁邊一張椅子上。姐兒[7]兩個正在商議出門的事情，錦兒在替莫愁梳辮子。大家見姚老爺進來，都站起來請安，只有姚太太坐著未動。姚老爺向她面前一把椅子走去坐，木蘭早已悄悄的溜到母親身邊坐下，靜候聽講。

且說姚老爺進來歸坐，先向馮舅爺說道：「最好早一點去拜候那御醫。」

木蘭聞此，納罕問道：「誰病了？」

姚太太立喝道：「小孩子要用耳朵，不要用嘴！」一面自己轉向馮舅爺問道：「你去見他做什麼？」

馮舅爺回道：「且去試試看能不能托他講個人情，路上好有官廳保護。」

木蘭忍不住又插口道：「現在正是義和團勢力大的時候，怎麼不去請他們保護呢？」

7 姊妹或姊弟。這裡是指姚太太和馮舅爺姊弟。

眾人聞此妙計，俱皆目瞪口呆。一時馮舅爺望著姚老爺，姚老爺也望著他，姚太太望著他們兩個。半晌，姚老爺回頭看看木蘭，頷首笑道：「她這孩子倒是會想主意。這位御醫倒是認識端王[8]。要是端王肯發給一張路票，敢情更好了。」

珊瑚接道：「你瞧這孩子，才只十歲，可是別小看她。大起來我可真要怕她。將來非得嫁給一個啞巴，兩口子一生一世光是由她一個人說。」

木蘭因獻計成功，不覺喜出望外，但給大人一番誇獎，又怪不好意思的。姚太深怕她當真得意起來，理應規戒，因說道：「小孩子無非想到什麼就說什麼，哪裡真的懂得呢？」

說畢，只見碧霞來報早飯已經開好，姚太太因想起迪人，乃問道：「大少爺在哪兒？」

碧霞回道：「在東花園裡看銀屏餵鷹呢，我已經叫他來了。」立時大家都到東廂房來吃早飯。

8 愛新覺羅．載漪，光緒帝的堂兄，慈禧命統領義和團。

十四

活靈活現一塊肉

林漢達《大衛·考柏飛》（一九五一）

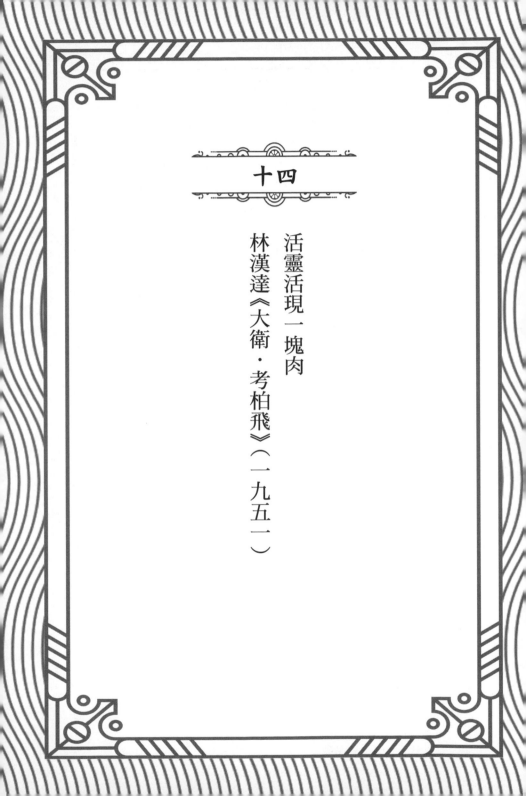

英國小說家查爾斯・狄更斯（Charles Dickens）是出了名的難譯，尤其是各色人物各有聲口，反映個人出身、性格，加上時代差異，很難一一譯得到位。他個人最鍾愛的半自傳作品*David Copperfield*從清末就有已有中譯本，即林紓與魏易合譯的《塊肉餘生述》（一九〇八）。這個譯本是文言的，對現代讀者來說比較難讀，「塊肉」為孤兒之意，現在這種用法也比較冷僻了，但書名卻一直沿用下來。

臺灣比較流行的譯本，戒嚴期間主要是許天虹的《大衛・高柏菲爾自述》（一九四三）和董秋斯的《大衛・科波菲爾》（一九四七）兩種，書名都換成《塊肉餘生錄》，遠景、志文都是用董秋斯譯本。由於臺灣讀者比較熟悉《塊肉餘生錄》這個書名，思果在一九九三年出版新譯本《大衛・考勃菲爾》的時候還加了副標：「舊譯塊肉餘生錄」。許天虹和董秋斯都相當直譯，相較之下，思果的翻譯順暢許多。但其實在一九五一年，上海出過一本非常特別的版本，即林漢達的節譯本《大衛・考柏飛》，非常口語，完全可以朗讀。狄更斯本人舉辦過多次的公開朗讀會，朗讀他自己的作品，在這幾個中文譯本中，看來只有林漢達的譯本最符合原作可以朗讀的目標。譯本封面還有「口語化翻譯小說」字樣，譯序題名為〈讓繙譯這本書的人說幾句話〉（很狄更斯吧！），並說明原書名是「*The Personal History and Experience of David Copperfield the Younger*，直譯是『小伙子大衛考柏飛自個兒的歷史與經驗』，好像有點太囉唆；舊翻譯本叫『塊肉餘生』，挺文雅，就是不太普通」，所以改用《大衛．考柏飛》。這個版本的開頭是這樣的：

> 人家說我是禮拜五晚上十二點鐘生下來的。掛鐘「噹噹噹」，我「哇哇哇」，嚮到一塊兒了。
>
> 我跟鄰近的老太太們壓根兒就沒見過面，更甭說誰認得誰了，可是她們倒挺喜歡照應我，說我生在這個壞日子，壞時辰，命裡注定了一輩子倒霉，還說在禮拜五半夜子時生的孩子能瞧得見鬼。

1951年上海潮鋒出版社的口語化翻譯小說《大衛．考柏飛》是林漢達的譯述本，繁體豎排。

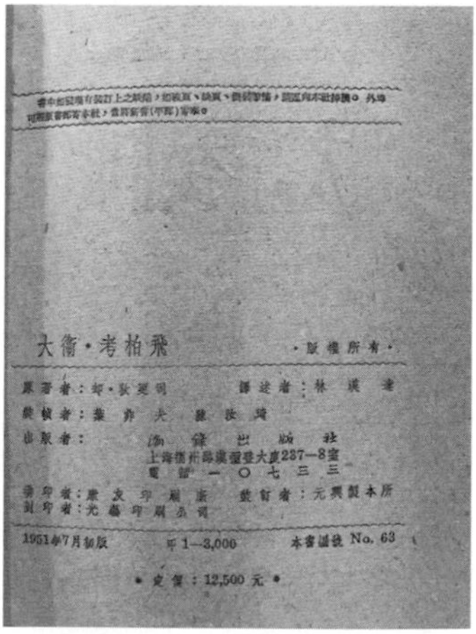

大衛·考柏飛　·版權所有·

原著者：卻·狄更司　譯述者：林漢達

出版者：潮鋒出版社
上海價卅路漢彌登大廈237—8室
電話一〇七三三

裝訂者：元興製本所

1951年7月初版　平1—3,000　本書編號 No. 63

·定價：12,500元·

版權頁。當時書價為12,500元！

節奏明快，引人入勝。思果的譯本訊息完整，文字流暢，但雖然適合閱讀，卻沒有林譯本那麼適合朗讀。像是「且說」、「鐘鳴我哭」、「能見鬼魅」都比較偏書面語而非口語：

且說我在星期五午夜十二點鐘離開娘胎，這是有人告訴我，我也相信的。據說鐘鳴我哭，同一時刻。據看護和鄰近的幾位經歷多而精明的婦女說，我生下來的日子和時辰都不吉利。第一，我注定了要倒楣；第二，能見鬼魅。（幾個月之前，這些婦女簡直不會有機會跟我會面，就非常起勁地管我的事了。）她們相信，不論是男是女，所有在星期五半夜三更生下來的倒楣的嬰孩，都有這些稟賦。

張谷若的《大衛・考坡菲》（一九八〇）也是個流暢的全譯本，但還是沒有林譯本適合朗讀，像是「同時並作」、「不可避免地」等用語也稍偏書面語：

我生在一個星期五夜裡十二點鐘。別人這樣告訴我，我自己也這樣相信。據說那一會兒，當當的鐘聲，和呱呱的啼聲，恰好同時並作。收生的護士和左鄰右舍的幾位女聖人（她們還沒法兒和我親身結識以前好幾個月，就對我發生了強烈的興趣了），看到我生在那樣一個日子和那樣一個時辰，就煞有介事地喧嚷開了，說我這個人，第一，命中注定要事事倒楣；第二，賦有異稟能看見鬼神。他們相信，凡是不幸生在星期五深更半夜的孩子，不論是姑娘還是小子，都不可避免地要具有這兩個天賦。

至於另外兩個一九四〇年代的譯本，就更直譯了：

據別人告訴我而且我自己相信，我是在一個禮拜五的夜半十二時誕生的。據說，時鐘正在鏜——鏜——地敲起來時，我也開始哭起來了。照我誕生的日子和時辰看來，據我的保姆和鄰近的有些賢明的婦人宣稱——她們在絕沒有跟我會面以前好幾月就對我抱著極大的興趣——第一，我的一生是命定多難的，第二，我將有看到鬼神的機會；她們相信凡是在禮拜五的深夜裡誕生的不幸嬰兒，無論男女，都必然具有著這兩種天賦。（許天虹）

我記得（據我聽說，也相信）我生於一個星期五的夜間十二點鐘。據說，鐘開始敲，我也開始哭，兩者同時。考慮到我生下的日子和時辰，保姆和鄰居一些識多見廣的太太們（她們在無從與我會面的幾個月前便聚精會神地注意我了）說，第一，我是注定一生不幸的，第二，我有眼能見鬼的特稟：她們相信，這兩種天賦是與星期五半夜後一兩點鐘內降生的一切不幸的男女嬰兒分不開的。（董秋斯）

林漢達（一九〇〇—一九七二），浙江人，從小在長老教會學校讀書，英文很好。大學畢業後在世界書局當編輯，後來去美國科羅拉多州立大學拿到教育博士學位，一九四九年後曾在燕京大學當學務長，這本譯作就是他在北京的時候翻譯的。他在譯序說，翻譯本書的原意「是要藉這個機會多收集點北京話的詞兒」，與趙元任翻譯《阿麗思漫游奇境記》的初衷有異曲同工之妙，都是語言學家的口語翻譯嘗試。書末更有附錄說明白話與口語的區別：「這本書的初稿是用白話文寫的。我想試試看用漢字寫大眾口語，就請幾位朋友幫忙，盡可能地把原來的白話文改成北京口語」，比方說「無恥的」改成「死不要臉的」，「無論如何」改成「不管怎麼著」。最後還附上長達十幾頁的白話口語對照表，例如「悲傷」是白話，「傷心，難受」是口語；「不加思索」是白話，口語要說「連想都沒想」；「從前」是白話，口語可以說「早先、那會兒、那陣子」等等，我看了大樂，以後讓學生翻譯劇本和小說對話之前要先讓他們好好研讀一下這個附錄。

這本書寫拖油瓶的難堪，極為傳神。大衛的母親再嫁後，繼父把他送去住宿學校。假期回家時：

「反正，我在這兒是個累贅。一說話，就是多嘴；閉上嘴不言語，又說我成心鬧別扭；坐在客廳裡，說我礙事；躲在廚房裡，說我跟老媽子在一塊兒學下三濫。反正，我是多餘的。吃飯，多了一副刀叉；喝茶，多了一個茶碗；坐，多了一把椅子；站，多佔了一塊地板；處處兒多了一個人，那個人就是我！」

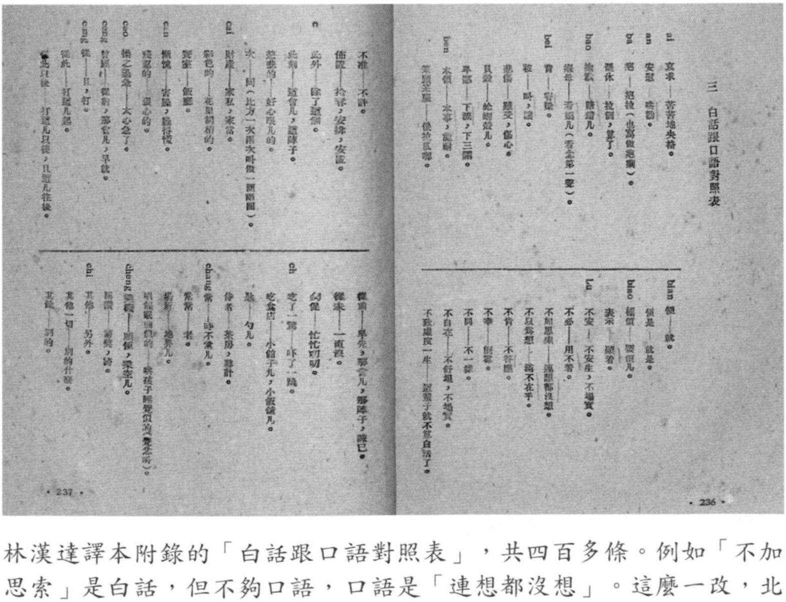
三　白話跟口語對照表

ai 哀求——苦苦地央格。
an 安慰——哄勸。
ba 疤——疤拉（也寫做疤瘌）。
罷休——拉倒，算了。
bao 抱歉——[illegible]。
褓母——奶媽儿（[illegible]第一聲）。
bei 背——脊梁。
被——叫，讓。
悲傷——難受，傷心。
貝殼——蛤蜊殼儿。
卑鄙——下流，下三濫。
ben 本領——本事，能耐。
笨頭笨腦——[illegible]。
bian 便——就。
便是——就是。
biao 標價——要價儿。
表示——顯着。
bu 不安——不安生，不塌實。
不必——用不着。
不加思索——連想都沒想。
不以為想——滿不在乎。
不肯——不答應。
不幸——倒霉。
不同——不一樣。
不自在——不舒坦，不塌實。
不致虛度一生——這輩子就不算白活了。

·236·

不准——不許。
佈置——拾掇，安排，安置。
c 此外——除了這個。
此刻——這會儿，這陣子。
慈悲的——好心眼儿的。
次——回（比方一次兩次叫做一回兩回）。
cai 財產——家私，家當。
彩色的——花裏胡梢的。
餐室——飯廳。
can 慚愧——害臊，[illegible]。
殘忍的——狠心的。
cao 操之過急——太心急了。
ceng 曾經——從前，那會儿，早就。
cong 從——由，打。
從此——打這儿起。
從此以後——打這儿以後，由這儿往後。
從前——早先，那會儿，那陣子，[illegible]。
從來——一直沒。
匆促——忙忙叨叨。
ch 吃了一驚——嚇了一跳。
吃飯店——小館子儿，小飯舖儿。
匙——勺儿。
侍者——茶房，夥計。
chang 常——時不常儿。
常常——老。
場所——地界儿。
唱催眠曲似的——哄孩子睡覺似的（[illegible]）。
cheng 乘機——順便，乘空儿。
稱讚——誇獎，誇。
chi 其他——另外。
其他一切——別的什麼。
其餘——別的。

·237·

林漢達譯本附錄的「白話跟口語對照表」，共四百多條。例如「不加思索」是白話，但不夠口語，口語是「連想都沒想」。這麼一改，北京聲口就出來了。

取名字也頗用心思。大衛的繼父姓「謀爾石」，大衛的母親過世後，他連書也沒得念了，被送去當學徒，後來日子太苦了，跑去找姨婆[1]求救。姨婆聽說外甥媳婦再嫁，把小孩搞成這樣，生起氣來，數落她：

「幹嘛又嫁人哪？……害得孩子這個樣兒！人家待她好嗎？真高興嗎？我倒要問問她！她有過男人了，有了孩子，還想要什麼？咄！咄！還嫁一個人！嫁一個什麼『謀命』，『謀死』，甭管他叫什麼名兒，反正好人不能叫這樣兒的名兒。」

原來繼父姓「Murdstone」，姨婆生氣起來說他是「Murderer」：

‘said my aunt, ‘she marries a second time—goes and marries a Murderer—or a man with a name like it—and stands in THIS child’s light!

1 原文這位 Betsey Trotwood 是他父親的 aunt，多數譯本譯為姑姑。但 aunt 也可以是姨媽。第一章描述她遇人不淑，與丈夫分居之後，馬上重用娘家的姓，可見 Trotwood 是她的娘家姓，而非夫姓。由於她的娘家姓並非 Copperfield，可知她是阿姨而非姑姑。張谷若和思果兩位譯者有注意到這一點，譯為「姨婆」，其他譯者多譯為「姑婆」。

這種文字遊戲很難翻譯。董秋斯把繼父的姓譯為「摩德斯通」，姨婆罵人時說「嫁給一個名字像殺人犯的人」，再用譯注解釋「摩德斯通的字音有一半近似殺人犯」，沒有要跟著玩文字遊戲的意思。思果把繼父譯為「牟士冬」，姨婆罵人時說成「謀殺吞」，大概要用廣東話念；張谷若把繼父譯為「枚得孫」，姨婆罵人時說他「沒德損，真是又沒德性，又損」，雖然都有意要照顧到文字遊戲，但都不如林漢達的設計巧妙。

繼父得到消息，跑來跟姨婆要人那一段，林漢達的譯文非常精采（請看選文）。姨婆收拾好房子，等人到了，先轟驢子來個下馬威，還故意事事請教智力有限的食客狄克先生，使出「以下駟對上駟」的戰略。對繼父的姊姊則是把她當空氣，完全不加理會。姨婆的精明對上繼父的貪婪、其姊的刻薄，都歷歷如繪。繼父先說了一大堆大衛如何不聽話，難管教，最後對姨婆下了最後通牒：

「這會兒我老實告訴你：你有話，這會兒就說，說個痛快；你要出來管，就管到底，我沒功夫兒跟你囉唆。我這回來領他回去，是頭一回也是末一回。他打點好了嗎？打點好了就走；不走，也說一句。」

結果姨婆對著繼父說：

「你要走就走；你們既當他是一個沒法辦的壞孩子，管教不了他，那麼，我來試試吧。可是你們說的話我一句也不敢信。……你當我不知道嗎？你怎麼對考柏飛家的小寡婦兒，你怎麼欺負她的孩子，你當我不知道嗎？花言巧語，說給傻瓜聽吧！」

又對繼父的刻薄姊姊說：

「你當我不明白嗎？是呀，謀爾石先生多愛她呀，多愛她兒子呀，多供奉她呀，多耐心煩兒地管教他兒子呀！他是個理想的男人，理想的後爹，一家子團圓，多有福氣！對不對呀？謀爾石先生，你把那可憐老實的女子攢在手裡頭，你把那可憐不懂事的孩子踩在腳底下。你成閻王了，要怎麼著就怎麼著。一天天地逼得她傷了心，失了神，死在你手裡，你跟你的傢俱才樂呢。」

一番話說得繼父臉上無光，雖然姊姊還在抱怨「你說誰是傢俱呢」，兩人只能訕訕離去，從此大衛才能夠重新做人。

這個譯本前面還有燕京大學校長陸志韋的序，寫得非常俏皮有趣。他說自己覺得狄更斯的小說很「細膩」，但說得不好聽一點兒，就是「膩煩」：

「古人說，『有話便長，無話便短。』照林先生的法子吶，該譯就譯，中國人不耐煩聽的，就免了。能唸書的中國人，現在都是忙人，忙在建設工作。不忙的人，可不唸書。林先生倒是為忙人著想的。」

這篇序寫於一九五〇年十二月，中共建國未久，所以說「能唸書的中國人現在都是忙人」，說得也沒錯。陸志韋（一八九四—一九七〇）是芝加哥大學的心理學博士，燕京大學校長。寫完此序一年之後，因為燕京大學被指控是美國人的陰謀，遭到嚴重批判和迫害，文革期間過世。林漢達也被打成右派，也在文革期間過世。可惜這個極為生動的譯本，不但沒有在臺灣出版過，連在對岸也不常見。我如果不是幾年前在北京逛琉璃廠的時候偶然入手，恐怕也未必能注意到這個有趣的譯本。

選文

十三、姑姑[2]的主意[3]

前情提要：大衛·考柏飛是遺腹子，母親再嫁謀爾石先生，謀爾石的姊姊也跟他們一起住，把大衛送去住宿學校。後來大衛的母親死了，謀爾石就把大衛送去釀酒廠當童工。大衛受不了整天做工的苦日子，投奔姨婆求救。

第二天姑姑不是衝著我看，就是自個兒不言聲地愣著。我正想問她我怎麼辦呢，她先跟我說開了：「我寫了信給你那個爸爸了，瞧他怎麼辦。」我著急地說：「他知道我在這兒嗎？您要把我交給他嗎？」姑姑說：「我也說不上，瞧著辦吧。」

2 譯者在第一回注：「原文姑姑跟姑太太通用，以後都叫姑姑，顯著親熱，其實就是姑太太。」此處「姑太太」（姑婆）其實是姨婆才對，見注1。此處譯文保留林漢達原譯「姑姑」，說明時則用姨婆。

3 林漢達是節譯本。這章的內容出自於原書第十四章：My Aunt Makes up Her Mind about Me。

我聽了這話，心裡又堵了個大疙瘩，垂頭喪氣地一個人悶著。姑姑也不理我，儘忙著收拾屋子，一直到屋子裡，地毯上，連一丁點兒渣兒都沒了，才坐下來告訴我狄克先生[4]是誰，還囑咐我得好好地跟他交朋友。

……

後來謀爾石的回信來了。姑姑告訴我說，他明兒個自個兒來跟她說個一清二白。我又熬心又怕，躲又躲不了，到第二天簡直哪一分鐘都是心驚肉跳地，哪一分鐘都見得著那個嚇人的黑眉毛，黑鬍子。

姑姑可跟沒事似地坐在窗戶外面做活，又像等著客來，又不像等著客來。直到後半晌快要喝茶的時候，姑姑猛然間嚷著掏[5]騾子去了。我一瞧，敢情是謀爾石老姑娘騎著騾子，進了這塊不許人冒犯的草地，在房子前面打住，朝周遭瞧呢。姑姑搖晃著拳頭，大聲說：「滾出去！不許在這兒！你敢闖到這兒來？滾！滾！你這不要臉的東西！」

4 Mr. Dick。狄克先生是姨婆的遠親，神經有點毛病，他的爸爸死後，兄弟要送他去瘋人院，姨婆就收留了他。
5 掏（ㄏㄨㄥ）：趕出去。

要是換了別人，早就跑了。老姑娘可不搭理，冷冷地還是騎著騾子在草地上瞧著。姑姑的火兒更大發了。我趁這時候告訴姑姑說：「這就是謀爾石小姐，那後頭上來的男人就是謀爾石先生本人兒。」

姑姑還是不答哏他們，光是指手劃腳地說：「管他是誰呢！反正我不許他們冒犯我的草地。滾出去！潔乃特[6]，把他們掏出去！」

我在姑姑脊梁後頭瞧著，就瞧見潔乃特使勁拉著謀爾石的騾子往後拽；謀爾石偏要朝前走；騾子撐著四隻腳站住；老姑娘拿陽傘打潔乃特。鄰近有幾個孩子跑來叫好，湊熱鬧。姑姑一見裡頭有一個是趕騾子的，就趕過去抓他，一邊讓潔乃特去叫巡警。那個趕騾子的一扭身想跑開，看見他們倆下來了，就拉著騾子出去了。姑姑氣呼呼地也不招呼那兩個客。還是潔乃特領他們進來，招呼他們坐。

我哆嗦著問姑姑說：「我得離開這兒嗎？」

她說：「不！當然不！」她把我拉到旁邊的一個旮旯[7]裡，順手拉過來一把椅子，擱在外頭擋

6 Janet，女傭。

7 旮旯（ㄍㄚ ㄌㄚˊ）：角落。

著[8]。姑姑衝他們說開了：「剛才我還不知我冒犯的是誰；可是我素來不許任什麼人胡踩我的草地，騎著騾子糟蹋花園兒更甭說了。」

老姑娘說：「你的規矩讓來客瞧著倒有點兒個別。」

「是嗎？」姑姑反問一句。

謀爾石唯恐吵起來，就說：「屈牢沃小姐[9]！」

姑姑的尖眼朝他一瞅，說：「你就是再娶考柏飛家的[10]那個謀爾石先生嗎？」

「是，就是我。」謀爾石說。

姑姑接著說：「我說一句不中聽的話：要是你不追她，不引誘她，她準能更好點兒，更樂點兒。」

老姑娘把話接過去，說：「不用說，我兄弟也準能更好點兒，更樂點兒。我就不贊成這門子親事。」

8 這裡是說用椅子把大衛和謀爾石姊弟隔開，以保護大衛。

9 Miss Trotwood.

10 「考柏飛家的」：考柏飛太太。

「我也說你贊成不了，」姑姑說著，按了按鈴，朝出來的丫頭說，「潔乃特，請狄克先生下來，讓我聽聽他的意見。」

這會兒姑姑坐著，腰板挺著，銜著牆，皺著眉頭，直到狄克先生下來，她引見說：「這位是狄克先生，我的老朋友。我老聽他的指點。」

狄克先生嘴裡含著二姆哥，愣頭愣腦地站在那兒。一見姑姑朝他一瞧，立刻把手指頭拿出來了。

謀爾石說：「我接著了您的信，覺得還是當面兒說個明白好，就自個兒來了，也許對您更顯得恭敬。」

「多謝，甭提了。」姑姑還是挺厲害地看著他。

謀爾石說：「這孩子脾氣個別，又擰，又淘氣。我太太在世不在世，他都鬧別扭，鬧得一家子不樂合。我跟姐姐好幾回教他改過來，可是沒一點兒用。」

老姑娘釘了一句說：「我敢說他是天底下頂壞的孩子了。」

「哦？真的？哎，你說呀！」姑姑瞧著謀爾石。

他說：「一來我沒法子，二來我也不是有錢的，這麼著我們就把他送到一家兒高尚的工廠，去學正經行當兒。沒想他能跑出來，不惟他自個兒弄的人不像人，就連我們也丟人哪。」

姑姑應著說：「高尚的工廠？正經行當兒？我問你：要是他是你自個兒親生的，你能送他去嗎？要是他媽還活著，你能送他去嗎？」

謀爾石歪著腦袋，說：「我跟我姐姐要是都說這麼做好，克萊拉[11]就不反對。」

「哼！」姑姑的鼻子出來了一口氣。「怪不得。可憐的小蠟人[12]兒！」

這會兒，狄克先生手裡拿著幾塊錢，老搓著、碰著、淨是響兒。姑姑一邊拿眼睛止住他，一邊好像得著了指點似的，說：「考柏飛家的那點兒家當呢？他的房子，他的花園兒，就一點兒沒有規定[13]嗎？」

謀爾石說：「是她前夫全盤兒留給她的！」

「啊喲，你這個人哪！」姑姑不耐煩地說，「全盤兒留給她！考柏飛留給她家當兒，指望她留給

11 Clara，大衛的媽媽。

12 洋娃娃。克萊拉長得美麗但懦弱無用，姑姑第一次見她就說她像「蠟人兒」。

13 規定，原文是 settlement。這裡是問克萊拉有沒有做任何處置，留財產給兒子。克萊拉是家庭教師出身，並無財產，有財產的是考柏飛家族。按理說，她的遺產應該有部分留給大衛繼承才對。因此下文姨婆罵她「不懂事」。

你嗎？你們成親的時候兒，就沒人替這孩子說一句話嗎？」

謀爾石紅著臉說：「為了我去世的太太愛她的後夫，她滿心信服他。」

姑姑搖著頭說：「不懂事的，倒霉的女人，活該！她就是這麼一個人，這當兒你還有什麼說的？」

謀爾石說：「我來把大衛領回去，任麼兒說得沒有[14]領回去。該怎麼辦，我自個兒作得了主，別人管不著。屈牢沃小姐，你這個樣兒不由得不叫我想著他是受了你的指使才跑出來的。這會兒我老實告訴你：你有話，這會兒就說，說個痛快；你要出來管，就管到底，我沒功夫兒跟你囉唆。我這回來領他回去，是頭一回也是末一回。他打點好了嗎？打點好了就走；不走，也說一句。這會兒我家的門兒還敞著，往後就怎麼也不能給他或給您再開了。」

姑姑挺直了腰板，叉著手，眼睛冷笑似地盯著說話的人，等他說完了，她的眼睛轉到老姑娘的臉上來，說：「哎，媽媽，你有什麼要說的？」

「哦，屈牢沃小姐，」老姑娘說，「我要說的話都叫我兄弟說了。我光謝謝你這麼好的招待跟天

14 原譯注：沒有條件地。

下少有的禮兒。」

老姑娘的刺兒頭話好像衝天放的大砲，姑姑連理都不理她，倒問我說：「大衛，你怎麼著，去不去？」

我真心地求她別扔了我，求她看我爸爸的面上護著我。

姑姑回頭問狄克先生說：「狄克先生，這孩子怎麼辦呢？」

狄克先生想了一會，為難了一下，喜歡著說：「先給他量一身兒衣裳吧。」

姑姑樂得說：「狄克先生，你的話真是花多少錢也買不到哇。」

她跟狄克先生拉拉手，隨後拉著我的手，跟謀爾石說：「你要走就走；你們既當他是一個沒法辦的壞孩子，管教不了他，那麼，我來試試吧。可是你們說的話我一句也不敢信。」

謀爾石站起來，端著肩膀說：「屈牢沃小姐，要是你是個男的，我……」

「咄！廢話！別跟我說這廢話！」姑姑截住他。

「真客氣！」老姑娘也站起來。「真講禮！」

姑姑的耳朵是不聽老姑娘的話的，可衝謀爾石說：「你當我不知道嗎？你怎麼對考柏飛家的小寡婦兒，你怎麼欺負她的孩子，你當我不知道嗎？花言巧語，說給傻瓜聽吧！」

老姑娘誇著說：「我一輩子也沒聽過這麼帶勁兒的話。」

姑姑接著說：「你當我不明白嗎？是呀，謀爾石先生多愛她呀，多愛她兒子呀，多供奉她呀，多耐心煩兒地管教他兒子呀！他是個理想的男人，理想的後爹，一家子團圓，多有福氣！對不對呀？謀爾石先生，你把那可憐老實的女子攢在手裡頭，你把那可憐不懂事的孩子踩在腳底下。你成閻王了，要怎麼著就怎麼著。一天天地逼得她傷了心，失了神，死在你手裡，你跟你的傢俱才樂呢。」

老姑娘插嘴說：「我倒要問個明白，誰是我兄弟的傢俱？我是傢俱嗎？用字眼兒也得留點兒神哪。」

姑姑照規矩把她的話當耳邊風，一點兒不搭理。謀爾石臉上帶著不好意思地笑，胸脯氣得像剛跑過步似地，站在門坎那兒，顯出進退兩難的樣兒。姑姑說：「趕明兒見[15]，先生！你也趕明兒見，媽媽！可是你得留點兒神，要是你的騾子再胡踩我的草地，我就得打下你的帽子踩在我的腳底下。」

老姑娘一聲不言語，把手插在謀爾石的胳臂肘裡，仰著帽子氣呼呼地出去了。姑姑站在窗口，看著他們是不是好好地走下去，要是他們敢在草地上上騾子，她準得衝出去依著她剛說的那麼做。

15 此處原文用「Good-day, and good-bye.」為送客語，並無明日見的意思。

姑姑見他們真好好地下去了，繃著的臉立時鬆下來了。我大膽地上去親她，倆手摟住她脖子。我又去跟狄克先生拉手。他把我的手拉了又拉，樂得直笑。

姑姑說：「狄克先生，這會兒我要管大衛叫屈牢沃，好不好？」

「好，好！屈牢沃・考柏飛！」狄克先生叫了我的新名字。

我加了一個新名字，打這兒起又重新做了個人。

十五

將軍譯者

童錫梁《戰爭與和平》（一九五七）

一九五七年，臺北的世界書局出版了一套四冊的《戰爭與和平》，童錫梁譯。一九五〇年代，大部頭的歐洲小說幾乎都是翻印大陸譯本，這本卻不是，頗為特殊。連手稿都藏在中央研究院。

童錫梁（一八八三－一九六三）是湖南人，日本士官學校畢業，蔡鍔的學弟，閻錫山的同學。民國後任長沙省司令，官拜中將。一九五〇年來臺，已是年逾六十的老人了。不過這書也不是在臺灣翻譯的。根據譯者一九五七年自序：

譯者翻譯此書，開始於民國二十六年，那時候統一告成，湖南粗安，我居長沙牛渚之亦園，命兒女輩入城就學。獨居岑寂，翻閱藏書，得日人鈴木悅所譯是書，愛其筆致雄偉，乃執筆試譯，日成數段，以為消遣，並旁加批點，以教兒輩行文的方法，且使窺世界之奇。……過了七年之後，我避兵於寧鄉之梅塢，難中無以自遣，檢視行篋，此稿尚在，乃重理舊業，日課數紙，經一年始脫稿，蓋前後八年始告成功。

但當時並沒有出版，而是攜來臺灣，又見到米川正夫譯本，據以改訂。我找到鈴木悅大正七年（一九一八）的日譯本，赫然發現此譯本其實還有另一位譯者署名，就是島村抱月（一八七一－

一九一八）。事實上，島村抱月在一九一四年已經出版過一次譯本。島村抱月既然一九一八過世，看來鈴木悅是根據島村的版本再改譯的。所以童錫梁此譯至少得力於三位日本譯者：島村抱月、鈴木悅、米川正夫。島村抱月留學英德，米川正夫根據的是英譯本，所涉譯者人數實在不少。

童錫梁在序中嚴詞批評了戰前著名的郭沫若譯本：

> 我知郭沫若留日甚久，且在當時頗有虛名，想必也還可以看，買來一閱，知其所據也是鈴木悅本，及至展卷，才知其文筆拮据聱牙，無法看下；關於軍事部門，因其不懂軍事術語，尤其錯誤百出，想不到其不通一至於此。……我本無意與此輩較其短

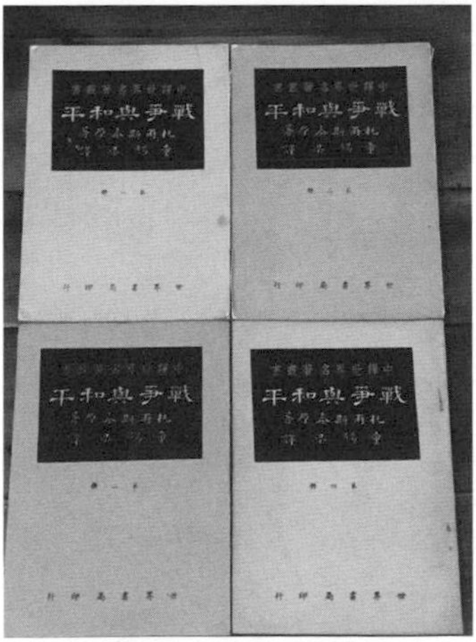

童錫梁譯本只在臺灣出版。

鈴木悅和島村抱月合譯本（1918）。

長，不過可惜此書經彼一譯，而無人能看，以後必無人繼之而起者；如此宏文，竟不能流傳於我國，殊為可嘆而已。

看來童將軍果然不是進步文藝青年，對當時流行的直譯風潮頗不以為然。不過童將軍也過慮了。郭沫若譯本的確招來很多批評，但後出譯本也很多。除了郭沫若譯本，又有高植、董秋斯、劉遼逸、黃文範、草嬰等譯本不絕。高植和草嬰從俄文直譯，董秋斯和黃文範則根據英譯本轉譯。在這幾個譯本中，童譯最為歸化。所以童譯本的開場是：

一八零五年七月的一夜，俄羅斯的首都彼得堡一所邸宅之中，有個夜會。這邸宅的主人名叫安娜，是個年逾四十的老處女，是亞歷山大皇后的親信女官，在宮中頗能預聞政治。

先敘年代、地點、人物背景、事件背景，完全符合中文的敘事法。但其他譯本都不是這樣開頭。如郭沫若的譯本開頭是：

唉，好的，我的公爵，日內瓦與路加都成為了波拿伯底領地一樣了！所以我現在預先要來申明，假如你現在還要說不會有什麼戰爭，或者是要辯護那位反基督教的叛徒——唉，我相信那人一定是一位反基督教的叛徒啦！——你要辯護他那種種可惡的可怕的行為——我是要和你絕交的。……

訊息如此密集，在不知背景和說話人的身分之前，還滿難進入情況的。董秋斯的譯本更極端，這段根本是用法文開頭：

“Eh bien, mon prince. Gênes et Lucques nesont plus que des apanages, de la famille Buonaparte. Non, je vous préviens que si vous ne me dites pas que nous avons la querre, si vous vous permettez encore de pallier toutes les infamies, toutes les atrocité de cet Antichrist (ma parile, j’y crois)—je ne cous connais plus, vous n’êtes plus mon ami,（哈，王爵，看樣子熱那亞和盧加現時簡直是布昂納拔家的私產了。不過我警告您，假如您不對我說這就是戰爭，假如您還想替那個基督的敵人——我真相信他是基督的敵人——的胡作非為辯護，我就要同您斷絕關係，您也就不再是我的朋友）……

因為當時俄國上層階級喜歡炫耀法文，所以安娜這段話是用法文而不是用俄文說的，董秋斯就照錄法文，後面再加中文翻譯。雖然讓讀者意識到安娜在說法文，但讀起來更加辛苦。我看Maude夫婦的英譯本也只有「Eh bien, mon prince.」這幾個字是用法文，後面就用英文了。不知道為何根據這個譯本轉譯的董秋斯，比英譯者更堅持整段用法文。

其實鈴木悅譯本也跟英譯本一樣，以安娜的發話開場。童錫梁的翻譯是從哪來的呢？後來我又找出島村抱月的譯本來看，一開頭是：「一千八百零五年七月或夜，女官アンナの家に茶話會か開かれた。」也許童錫梁也參考了島村抱月的譯本，或兩人心有靈犀，都覺得故事要先從時間地點開始講才對。

童譯還有個特色，就是對話一定先標舉是誰說的。他在自序中說：

> 我國語法，將述其人的話，必先標出發言之人，然後記出所說之話，如「某某道……」，讀者已知發言者為誰，然後所說的話方有著落。……我今此譯，雖短言隻字，也必標舉發言之人，雖有時稍嫌累贅，也不敢自亂其例。

如果去翻翻看紅樓夢，就會發現童錫梁說的沒錯。童譯有時讀起來甚至也有點紅樓夢的味道。像公爵小姐幽黎到伯爵家參加宴會，伯爵家的公子尼可來，本來與寄居在家中一起長大的表妹松尼雅相戀：

客人們談到拿破崙的事。幽黎對尼可來微笑道：「禮拜四那天，你沒有到亞爾夏夫人處，我真寂寞極了。」尼可來笑著，移席接近，和她談心；松尼雅見了，怫然不悅，賭氣出去；尼可來活潑的態度登時消逝了，談話中輟，便跟蹤出來。

杜夫人見了笑道：「青年人的心事，是不能隱藏的；表兄妹真是危險的鄰居呀！」

簡直就像是寶姊姊跑來跟寶玉聊天，黛玉一生氣就出去了，寶玉連忙追了出去。但這段在郭沫若筆下卻很難讀：

「禮拜五你沒到亞爾夏羅夫那裡去，真是可惜呢。沒你在場真是絲毫也沒趣。」她說，優婉地笑著。受了這年青的佳人之含媚的微笑之蠱惑，那青年便轉向了她，和那微笑著的幽黎，這是那年青的佳人的名字，談了一番專屬的話，全沒有留心到那時他那無心的微笑是以嫉妒底利刃插進了那泛著紅潮的失望地微笑著的松尼雅地心中；在談笑之中他忽爾看到她。松尼雅含著激情地凝了他一眼，眼淚差不多要忍耐不住了，依然佯裝著微笑，立起身來走出了客堂去。——尼可來底全部的活潑立地消逝了，他只在等待著談話的中輟，帶著沮喪的面孔退出了客堂去追求松尼雅去了。

「這一群年輕人底秘密簡直是用白絲線縫的啦！」波里士底母親說，意指著那才退出去的尼可來。「親嫡嫡的表姐表妹——危險險的鄰居！」她又加上一句。

把好好一段談情說愛的文字弄得艱澀無比。以下選錄一段爭遺產過程，精采緊湊。

選文

前情提要：富有的貝蘇夫伯爵沒有嫡子，但頗鍾愛私生子彌魯。他合法的繼承人是四個姪女，其中一個侄女嫁給瓦西黎公爵，其他三個姪女未嫁。貝蘇夫伯爵病危，瓦西黎公爵擔心老伯爵把龐大家產全留給弼魯，特地去找大姪女商量。此章前半寫瓦西黎的貪婪緊張，大小姐卻一直自以為是，夾纏不清，讓人著急。後半寫杜夫人趕來幫助私生子少爺與堂姊爭產，手腕高明，令人歎為觀止。後半有一些譯者加上去的按語。

承襲[1]

那貝蘇夫伯爵[2]已經發過六次暈了。醫生說再沒有挽救的希望，病人在人事不省中，已經接受了聖餐，行過了懺悔式，以後只剩得行塗膏禮了，正忙著準備。家中此時，已亂得一塌糊塗。……

瓦西黎[3]推開大小姐的門，房中光線黯澹，只有聖像之前，點了兩個小燈，鼻中聞見一股香料和生花的香氣。矮矮的桌子，小小的椅子，短短的箱子，屏風那邊一副臥榻，厚厚的墊褥，鋪著白色的

1 原文第一卷第二十一章。童譯本的章節與原作不同，這是第一卷第一篇的第四章。
2 Count Bezukhov.
3 Prince Vasili.

毯子，一條小犬在呋著。大小姐看見他來，連忙起身，一手理著頭髮，那頭髮是緊貼著頭皮，雖在這種匆忙之時，仍是一絲不亂，好像用漆膠著的一般。她問道：「有什麼事嗎？我真是擔心的很哩！」瓦西黎叫她的名字道：「克迭西[4]，沒有什麼事，我是有句話要來和你談談。」說罷，順便坐在她剛才坐的椅子上，現出很疲倦的樣子道：「啊！這裡很暖和，請妳坐下，我們來談罷。」

小姐道：「我怕是出了麼事啦！」她冷冷地坐在他的對面，怔怔地望著他，候他發言。

瓦西黎握著她的手道：「唉！好姑娘，就是要說『那個』呀！」這「那個」兩字，雖未明指何事，好像是久已心照不宣的。小姐瞪著灰色的眼，呆呆的望著他搖了一搖頭，又望著聖像嘆了一口氣，好像是悲哀，又好像是疲倦。

瓦西黎把她做疲倦解釋了，說道：「你以為我要比你舒服些嗎？我簡直是累得像一匹驛馬，但是不能不抽空和妳談談；克迭西，這是個重要的事呢！」說罷，他臉上兩邊互相扯動，現出從未有之怪相；眼光閃爍，似乎傲慢，又似乎惶惑，向周圍亂看，好像要尋件什麼東西。克迭西用那枯槁的手把小犬抱在身上，望著他一言不發，似乎就等到明朝她也不會開口發言的。

4 Catichi.

瓦西黎囁嚅其辭道：「哎！我親愛的妹妹，如今這箇時候，我們是不能大意的了；關於將來的事，不能不有點打算。我之關切你們，不亞於至親骨肉，你是很明白的啦！」克迭西怔怔地不發一言。

瓦西黎道：「加之，我也不能不替自己的家族設想。」說著，焦躁地把小桌子推開，眼睛望向別處道：「克迭西，你們姐妹三人，和我的夫人，只有這四個人和伯爵是至親，有直接相續權的；現在講到這些話，你心中一定難過，我也是難過的；不過啦！我已經是五十開外的人了，對於一切的事務必要處置得妥貼，你曉得麼？我已經著人叫弼魯[5]去了；因為伯爵指著他的相片，要找他呢。」

他說到後幾句，望著對手的臉，心想她得了這個重要消息，必然大受衝動；不料她仍只是怔怔地發呆，不曉得她是正在思索對付的方法呢？還是懞懂得不曉得利害？好容易才聽見她說：「我只禱告上帝，求上帝慈悲，使他的靈魂，得到天國。」

瓦西黎見她仍是說些那不關痛癢的話，焦躁地又把小桌拖攏來，按捺著火氣，慢慢地道：「那是一點都不錯，不過現在的要點，想必你也是明白的。去年冬裡，伯爵已經立有遺囑，把我們這些人一

5 Pierre.

概取銷，將全部財產交弼魯承襲哩！」

他說完這話，想起這當然無異於在克迭西腦袋裡打了一個炸彈，哪曉得她毫不驚奇，冷笑道：「他那遺囑，不知寫過多少次了；但是弼魯承襲卻是笑話；誰不曉得弼魯是個私生子呢。」

瓦西黎至此才曉得她之所以鎮靜的原因，不覺吃了一驚，把小桌一推，急促地說道：「姑娘，你錯了呀！假使把遺表奏上去，請求立弼魯為嗣，你想那結果將怎樣？以伯爵之勳功，這遺表沒有不批准的，那情形還想不到嗎？」

克迭西聽了，微微一笑；意思是覺得關於此事，她所曉得的比你要清楚得多，你這大驚小怪煞是可笑！瓦西黎見她麻木得這般田地，連忙握住她的手道：「我還曉得，連那遺表都繕寫好了，只剩得上奏；連皇帝都曉得了他這層意思，只候這表文一到，馬上就批准的。如今的問題，就是這遺表毀掉了沒有？若是沒有毀掉的話，那就算鐵案如山，萬事休矣。」

說到此處，就深深地嘆了一口氣道：「到那時，當然是憑證一干親族，檢查他的文書，檢出那遺表遺囑，一同奏上，皇帝批准，弼魯正式襲爵，並承襲家產，一切不都是順理成章的解決了嗎？還有甚麼法子可以推翻此案呢？」

克迭西仍固執己見，以為斷沒有這個道理，冷笑道：「那末，我們那一份呢？」

瓦西黎忙道：「小姐，這是明若觀火的大事呀！那弼魯是全部財產的正式繼承人，有什麼你們的份呢？不過如今你們應該曉得那遺表到底寫好了沒有？如果寫好了，放在什麼地方？假使不甚清楚時，應該到什麼地方去找？只要能夠找出，那還……」

克迭西忙攔住道：「你這話太離奇了，你以為我們這些女子都是些糊塗蟲呢！連一個私生子不能承嗣的事都不曉得——一個私生子！」她用法語把私生子一句重複說了一遍，好像有此定義，瓦西黎之說，不攻自破了。

瓦西黎嘆了一口氣說道：「我的小姐，你是個聰明人，怎的連這個事都想不清呢？請再想想看，伯爵的遺表奏上，說立弼魯為嗣，皇帝批了一個：『著照所請，該部知道。』弼魯就是一位正式的伯爵，根據遺囑，接收全部的財產，誰能說他是什麼私生子呢？這不是顯而易見的事嗎？假若那遺表遺囑保存得原封未動，交與親族公布，那時候你當然是個好人，但是誰也不感你的情，你除開自己安慰自己外，是絲毫得不了什麼的，這是一點不錯的事實。」

瓦西黎說得唇敝舌焦，克迭西仍是自以為是，神情冷冷地道：「遺表遺囑是寫好的了，那個是無效的；你總以為我們女子連這箇都不懂呢！」

瓦西黎焦躁起來道：「我的小姐，我今天來不是和你鬥嘴的，因為你是我親戚中正直賢良的人，我為你們的利益，不能不說一聲；一切的話，已經說得夠了；總之，這遺表若好好地保存著，那末你和你的妹妹都沒有什麼遺產可得的；假如不信我的話，可以另找一個明白點的人去問問看。我剛才和家中專聘的那律師沃斯費[6]研究過了，他的意見和我完全一樣，你何不去問問他看呢？」

克迭西前後一想，有點明白了，嘴唇慘白，眼睛發呆，悽楚地叫道：「那可好啦！我是沒有想要什麼，以後也不要了。」說罷，把那狗仔向地下一丟，兩手扯伸衣服的皺痕，又叫道：「這是我們替他犧牲的報酬！我感謝得很！公爵，我是什麼也不要的。」

瓦西黎道：「不要這樣說，你還有兩個妹子呀！」

克迭西好像沒有聽見他話，急急地道：「不錯，我老早就曉得了，但是我毫不介意，這家裡除掉卑劣虛偽嫉妒欺騙之外，什麼也沒有；真的是忘恩負義。」

瓦西黎忙道：「那些文書，你曉得放在哪裡？」說著，那兩頰更加抽搐起來。

克迭西不答他，仍自言自語道：「我真是蠢極了，總是信他們，愛他們，犧牲自己，到後來還是那些卑鄙齷齪的人得志，這是誰的詭計，我很明白呢！」……

6 Dmitri Onufrich.

瓦西黎道：「不要動火，現在還有挽回的方法。時間說不定或者還有一天，或者只有一點鐘，我們總要平心靜氣地研究一個辦法，那文件的事，請你盡所曉得的告訴我，最要緊的是現在放在哪裡？你要去尋出來，趁早給伯爵看，我想他一定是忘記了的；那末他一定會要把那些文件毀掉，這不就成了嗎？我唯一的志願，是要使伯爵死無遺憾，想必你也很明白這種道理。我特為此事而來，為的是打救伯爵，莫使他帶著罪惡而去，一方面保護你們的利益，你可明白了吧！」

克迭西道：「這事情糟到這般田地，是誰的詭計我完全明白了。」

瓦西黎道：「那些事現在說他作甚？」

克迭西道：「我告訴你，這事是你那恩人杜魯伯的老婆[7]出的鬼主意，真是可恥的老貨，給我做老媽子還不配的東西！」

瓦西黎道：「哦！不過現在說也無益，休要耽擱時間要緊。」

克迭西道：「你不要我說嗎？就是去年冬天，那老貨竄到伯爵房裡，說了我們姐妹許多壞話，尤

7 Princess Drubetskaya，是一個守寡而貧困的老公爵夫人，名字叫做 Anna Mikhaylovna，下文簡稱杜夫人。她的父親對瓦西黎有恩，所以克迭西這樣說。她跟貝蘇夫伯爵沾點親，她幫弼魯爭產的原因是希望弼魯承爵之後可以提拔她的兒子。

其把素芬[8]說得不堪，我是學也學不出。伯伯心裡很不高興，有兩個禮拜沒有見過我們，就是那時候把那糊塗的遺言寫了，但是我想那是一錢不值的。」

瓦西黎道：「哦！問題就在這一點了，你為什麼不早些和我說呢？」

克迭西不答，自言自語地道：「那東西放在枕頭下一個象牙紙夾子裡面，我現在才清楚了。」說罷，變著夜叉的怪相，狂叫道：「我恨死這叫化婆呀！那傢伙幾時再竄到這裡來，看我收拾她一下，就是靈魂上犯著罪惡，也不要緊。」

＊　＊　＊

二人密談之時[9]，弼魯由樂士妥夫[10]家坐著來接他的馬車回來了，杜夫人要和他同來，兩人共坐

8 Sophie.
9 以下為原文第二十二章。
10 Count Rostovs。杜夫人母子本來就寄居在樂士妥夫家多年，而弼魯則是受邀去參加樂士妥夫小女兒的命名日晚宴。這時伯爵病危，指名要見兒子，所以瓦西黎派車去接。

一車。……

二人從房門經過，看見瓦西黎和克迭西對坐，聚精會神地說話；一見他們二人，瓦西黎惶惶然把臉掉轉，克迭西卻霍地跳起來，聲勢洶洶地把門砰的一聲關了。彌魯吃了一驚，心想那樣一個裝模作樣的人，何以如是之暴烈；一看杜夫人，卻神色不驚，微微地一笑，好像毫不足奇，但輕輕地吁了一口氣道：「你總得振作精神，我以全力幫你。」……二人穿過長廊，到了一座華麗的大客廳，……一些人在那裡交頭接耳的細語，這班人看見一個蒼顏白髮的老婦，帶一個垂頭喪氣的少年走來，不約而同地都把視線集中於二人。

杜夫人是飽經事變的老貴婦人，今日把一個孽子送至垂死的父親之前，她曉得形勢嚴重，不可稍涉大意；周圍瞥了一眼，看見一個牧師，她恭恭敬敬地走過去受了他的祝福，輕輕地說道：「上帝的保佑，時間是一定來得及的。」（譯按：指塗膏禮）又道：「我們親族是非常之耽心呢！」（譯按：自報身份）指著彌魯道：「這位青年，就是伯爵的公子。」（譯按：替彌魯正名）又加上一句：「真是可怕的時候了。」又走到醫生跟前道：「國手先生，這位青年就是伯爵的少君了，據先生看病人還有希望嗎？」醫生不答，搖頭示意。杜夫人嘆了一聲，向彌魯道：「這是無可奈何的事，求著上帝的慈悲罷。」指著沙發叫他坐下，在此等著，她輕輕走向那寢室門口就不見了。……

一會兒，杜夫人蒼白著臉，走出來，挽了弼魯道：「上帝的慈悲廣大，現在要行最後的塗膏禮了，快跟我來！」……

神龕下面，擺一個病人用的長榻（譯按：此臨時臥榻備行禮的），那貝蘇夫伯爵，仰臥榻上，從胸以下，蓋著綠色大花的被，那伯爵紅黃色的臉，深刻的皺紋，仍不改高貴的姿態……榻的周圍站著神甫，都穿起輝煌耀目的法衣，披著長髮，手拿明燭，從從容容地諷誦經文。在神甫後面的，是大小姐克迭西，眼睛仰望著聖像做出至誠的樣子。她的後面是她的兩個妹妹，把手巾蒙著眼睛。……諷頌之時，神甫們忽然一齊住了聲，因為看見那伏在榻下的老僕，在做手勢叫人，杜夫人連忙示意醫生。……醫生疾趨至病榻前，用那纖白的手指診察那沒有執燭的手脈，給了些什麼藥水。周圍的人移動一下，又各歸原位，繼續做起法事來。

這法事中斷的時候，瓦西黎也離開了他的位置，裝著行所無事的神氣，和克迭西一同走到對面那掛錦幕的床頭，站了一下，兩人都向那進來的門口出去了。（譯按：盜遺書事暗寫）法事未完，二人都復了席。……讚美歌唱過之後，首座的長老，向病人念著祝辭，終結了這神秘的儀式。

（接下來大家把病人抬回原來的床上，退到圓廳吃宵夜。只有瓦西黎和克迭西留在會客廳）

杜夫人向全廳瞥了一眼，並不落座，輕輕地掂著腳尖，仍回轉到瓦西黎他們說話的地方去了。弼魯遲疑了一會，覺著或是要跟她走去為是；剛走到會客廳門口，只見杜夫人和克迭西竟激烈地爭吵了起來。那克迭西正是以前關門時的那種兇惡的臉色，對杜夫人說：「我做的事，應該不應該，犯不著要你管，隨我的便罷！」

杜夫人拿身子橫著門口，不讓她出去，口中委婉地說道：「那是當然，不過這是什麼時候，你這一來，不使你伯父太難受嗎？他就要歸天國了，你還拿這些塵俗的事去擾害他嗎？」……

克迭西指著手中的象牙紙夾，對瓦西黎道：「這裡是些什麼東西，連我也不曉得，我想那遺囑之類的，總在書箱中，這裡頭恐怕是些無用的字紙吧！」說著，想從側面溜出。

杜夫人搶上一步，又攔住了，說道：「小姐，我清楚哩！」劈手一把搶著那紙夾道：「小姐，我懇求你，讓那可憐的伯父安靜一下罷。」克迭西不作聲，死也不肯放手，兩人搶做一堆。克迭西是不顧一切，咆哮如牛，杜夫人卻能保持平常委婉的聲調道：「弼魯快來！公爵，這個人在親族會議中，總不是個外人吧！」克迭西對瓦西黎高叫道：「你為什麼不說話呢？一個毫無關係的人，也跑來干預我們的事，在一危篤的病人家裡，做出這種無禮的舉動！畜生！死鬼！」說著，盡力一拖，杜夫人不肯放手，一個踉蹌；仍揪住了，換一個手抓著。瓦西黎也覺得愕然，站起來說：「這太難看了！這太難看了！兩個人都鬆手罷！」克迭西放了手，杜夫人拿著紙夾，揚揚不睬。

瓦西黎道：「你也請放下，都交給我；我去問他，還不好嗎？快請放下。」

杜夫人道：「公爵，在目前剛剛行過一箇那麼莊重的禮，你不能讓他靜養一下嗎？弼魯，你的意見怎樣？」

克迭西怪叫一聲「無恥的鬼婆！」乘其不備，一下搶過紙夾；瓦西黎垂下了頭，張開兩手。忽然裡面那門拍地一聲打開，二小姐跑得喘不過氣來，叫道：「你們在幹什麼？留著我一個人在那裡，他已經去世了！」克迭西吃了一驚，把紙夾掉了。（譯按：伯爵已死，不能作為他自己毀棄，原來計畫完全用不著，故吃驚掉了。）

杜夫人撿著紙夾，跑了進去，兩人跟著追去。兩分鐘後，克迭西咬著下唇出來，臉色鐵青，看見弼魯，恨恨地道：「好了，現在如你的願了。」……接著瓦西黎也踉蹌地走出來……杜夫人最後走出，從從容容走近弼魯身邊，叫一聲「弼魯！」在他額上吻了一下，滴了一點眼淚，良久才說道：「伯爵已經升天了。」（譯按：杜夫人撿著紙夾，奔進病室，必交與律師與親族，手續清楚，無慮掉換，故落後才出來。原書於此等過節，均係暗寫。）

十六

牛刀小試

英千里《苦海孤雛》（一九五八）

狄更斯的*Oliver Twist*，中譯書名頗多，除了最常見的《苦海孤雛》，還有《賊史》、《霧都孤兒》、《孤雛淚》等。不過另一部狄更斯小說*David Copperfield*（《大衛考伯菲》或《塊肉餘生記》）也曾被譯為《孤雛淚》，*Great Expectations*（《遠大前程》）又常被譯為《孤星血淚》，三部小說主角都是孤兒，十分容易混淆。這三個孤兒中，《塊肉餘生記》裡的大衛還是比較好命，雖然是遺腹子，但媽媽改嫁前還有一段快樂時光；《遠大前程》裡的皮普次之，雖然姊姊很凶，所幸還有個好姊夫；最不幸的就是《苦海孤雛》裡的奧立佛了，一出生就是沒有親人的孤兒，在孤兒院長大，又被趕去棺材店當學徒，最後還淪落賊幫。

一九五三年起，明華書局推出了三本英千里譯注的英文名著淺述叢刊，包括《苦海孤雛》（*Oliver Twist*）、《孤星血淚》（*Great Expectations*）和《浮華世界》（*Vanity Fair*）。三本都是中英對照，但注釋不多，集中在最後十頁左右。這類名著改寫本的中英對照讀本現在仍然很常見，但中文翻譯往往不佳，翻譯腔重不說，有些還錯誤百出，真是誤人子弟。但這三本英千里的對照版出乎意料的自然好看，一絲翻譯腔都沒有，活靈活現的，讓人驚豔。這三本作品都不是從原作翻譯，而是譯自牛津大學出版社的淺述版。這種淺述的翻譯總給人簡單、不重要的印象，翻譯史研究往往忽略這種中英對照譯本，很少人研究，但英千里牛刀小試，譯筆靈活生動，嘉惠學生重於自己的名聲。

以《孤星血淚》為例，主角皮普是孤兒，靠姊姊與姊夫養大，有朋友介紹他去有錢人家裡走動，讓姊姊十分雀躍。回家時沒頭沒腦就說：

我姐姐開口就說：「今天這孩子要不謝天謝地的高興，那他可就太沒有心腸了。」

我就立刻在臉上做出一個「謝天謝地」的笑容，但是心中莫名其妙。

我姐姐又說：「我就怕把他給慣壞了。」

彭老伯說：「你放心，不會的。她不是那樣的人，她也不會那麼糊塗。」

我同姐夫互看了一眼，丈二和尚摸不著頭，怎麼也猜不著他們所說的「她」是誰。我姐姐看了我們這種神氣，說道：「你們兩人怎麼都像嚇傻了呢？難道房子著了火嗎？」

我姐夫連忙答道：「沒有！沒有！可是我剛聽說『她』……『她』……」

短短幾句，姊姊的跋扈不講道理，姊夫怕老婆的形象都躍然紙上，實在精采，還可以聽到京片子。通篇都可看到非常自然的口語，像是：

……我這些年給這孩子做牛做馬也做夠了（姊姊的抱怨）

……按咱哥兒倆的交情，還用得著問這樣的話嗎？（暖男好姊夫不要他的報酬）

讀來十分暢快。再拿一九七二年正文版的中英對照《孤星血淚》來比較：

「喂，」姐姐說，「如果畢普這孩子今晚不知感恩的話，那他永遠不會感謝了。」

我試著在臉上做出「謝天謝地」的面容，但是心中莫名其妙。

「我希望畢普不會被過度寵愛，」姊姊說道，「但是我總有點擔心哩。」

光看這幾句就知道英千里有多高明了。

英千里（一九〇〇－一九六九）一家四代都是名人。英千里的父親英斂之是滿洲正紅旗赫舍里氏，娶了出身皇族的妻子，又信了天主教，後來創辦了輔仁大學。英千里十三歲就隨神父留學歐洲，牛津大學畢業，一九四九年倉促搭上最後一班從北平撤離的教授班機，孤身一人來臺，接掌臺大外文系，妻兒都留在大陸，終生未能相見，在臺灣的親人只有一個當修女的妹妹。他的長子英若誠

（一九二九—二〇〇三）能譯、能導，還能演，自己翻譯的《推銷員之死》搬上舞臺，還自己演主角威利。英若誠之子英達也是導演和演員。

《苦海孤雛》是狄更斯孤兒系列小說中最悲慘的一本，描寫十九世紀初期英國孤兒與窮人的慘況。林紓在序中極力讚揚狄更斯能描繪下等社會之積弊，並嘆「李伯元已矣，今日健者，惟孟樸及老殘二君能出其緒」。也就是說，能與狄更斯相比的，中國只有剛過世的李伯元（著有《官場現形記》。李伯元在一九〇六年過世，林紓此序寫於一九〇八年）、曾孟樸（著有《孽海花》）和劉鶚（著有《老殘遊記》）三人。

這本《苦海孤雛》雖然是根據淺述本，但原文中一些精采場景還是保留得很完整。像是主角奧立佛滿九歲時，孤兒院的來人到寄養媽媽家裡來領他走。這寄養媽媽對孩子極壞，卻要奧立佛假裝傷心：

> 彭先生就正顏厲色的問他道：「你願意跟我走嗎？」歐禮剛要說「跟誰走我都願意」，可是他抬頭一看，只見曼太太站在衙役椅後，向他揮拳示威。他馬上就明白這種手式的意思了。

「她也同我一塊去嗎？」可憐的歐禮問道。

「她不能同你一塊去，不過她可以隨時去看望你。」

這孩子聽了彭先生的話，心中並不感到安慰。別看他年紀這麼小，他可是相當的乖，會裝出捨不得走的樣子。擠出幾滴眼淚，在這孩子是毫不費力的事。

林紓的《賊史》（一九〇八）這段是這樣譯的：

本特而坐而言曰：「汝能否與乃公同行？」

倭利物未言，將謂何人引我者匪不行，忽引目見曼恩握拳示之以勢，倭利物知旨，即改口曰：

「密昔司曼恩能否與我同行？」

本特而曰：「是安能，惟常常見汝可爾。」

倭利物忽抗聲哭，以倭利物之哭良易。

蔣天佐的全譯本《奧列佛爾》（一九四八）則是這樣譯的：

「你願意跟我一道去嗎？奧列佛爾？」本布爾先生用莊嚴的聲音說。

奧列佛爾打算說他是極其情願無論跟什麼人同走的，但是他向上一瞥，看見了曼太太，她站在差役的椅子後面，擺出一副兇相對他捉著拳頭。他立刻懂得了，因為拳頭是過於常常加於他的身上，因而在他的記憶裡並不深遠。

「她和我一道去嗎？」可憐的奧列佛爾問。

「不，她不能，」本布爾先生回答，「但是有些時候可以去看你。」

這對於孩子並不是多大的安慰。然而，他雖然很小，已經有足夠的聰明來裝出對於別離大感苦痛的樣子。對於孩子們，教眼睛裡含著眼淚並不是很難的事情。

最早中譯本由林紓和魏易合譯，名為《賊史》（1908）。

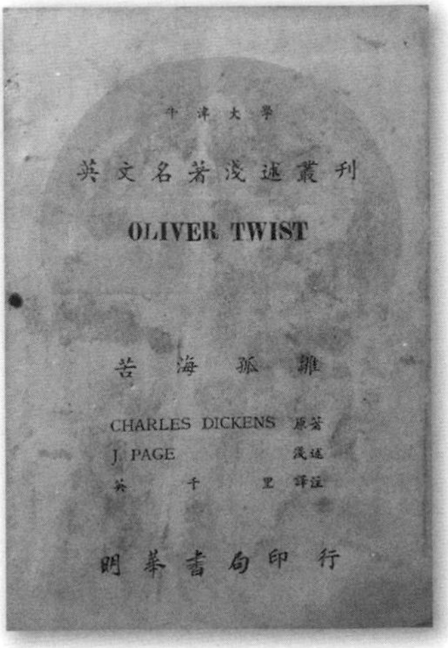

1958年臺北明華書局出版的《苦海孤雛》。

可以看出這個淺述本大致上還是與原文頗為相近。

以下兩段選文，第一段選自Page淺述版第一章〈屠歐禮的兒童時代〉和第二章〈歐禮表示不飽〉，都出自原作的第二章。「歐禮表示不飽」是這本名作的經典段落：這可憐的孤兒被同伴推出去要求多吃一點的時候，那些大人們的「慌張失措」、「驚駭」，甚至說「老彭，你先沉住氣！」，實在是太好笑了，也太辛酸了。

選文

一、屠歐禮[1]的兒童時代

歐禮九歲時，是一個面色蒼白，瘦小乾枯的孩子。這也不足為奇，因為在這種環境中，根本也不可能培養出健康快樂的兒童。照管這些兒童的老太婆曼太太[2]，對孩子們無絲毫的母愛。為了維持這

1 Oliver Twist。這個譯本中用「屠歐禮」譯全名，「歐禮」譯 Oliver。

2 Mrs. Mann.

些孩子的衣食，她每月領到一筆很少的費用；可是這筆微小的費用，也大半被她吞沒了。她對這些孩子不是疏忽就是虐待。在這種情形下，有些孩子居然活到九歲，已算是一件令人奇異的事了。有時死了一個孩子，大救濟院[3]也許會派幾個官員來調查一下。可是在他們未來的頭一天，總是先派他們的衙役來通知一聲，於是這位曼太太就可以把孩子們和房間，都收拾乾淨。這些官員視察完了，表示滿意。不過等他們一走，這兒的一切仍是如舊。

歐禮的第九個生日，是陪著兩個別的男孩子一同在煤窖裡頭過的。他們三個孩子，是先挨了一頓打，然後才被監起來的。他們的罪狀，是因為他們竟敢說他們餓了。這一天，有位衙役彭先生[4]來了。他是奉命執行救濟院理事會的決議，來領走歐禮的，因為歐禮現在已經滿了九歲了，應該帶回大救濟院去了。他此後就要住在大救濟院中，一直到他長到相當年齡，再把他轉交給一個工人或作小生意的人當徒弟，學一技之長，以備將來自立謀生。

這位彭先生是一個身體肥胖，性情暴躁的人。曼太太從窗戶裡看見他來了，就把頭伸出來，為了表示歡迎，故意向他做笑臉。可是彭先生走到門前，就朝門上用力踢了一腳，把門踢得顫動不已。

3 Workhouse，英國制度裏收容貧民的機構，但住在裡面必須工作，有點「以工代賑」的味道。
4 Mr. Bumble.

曼太太趕快把門開開，說道：「嗳呀！我忘記門是上了鎖的。我平常老鎖著門，就怕這一群小寶貝到街上亂跑。先生，您請進來吧！您請進來吧！」

她把那三個監在煤窖裏的孩子也放了出來，並且命令他們在沒見彭先生之前，先把他們那一臉淤泥都盡量洗去。彭先生覺得他自己是個了不起的人物，所以決定擺出一副傲氣凌人的臭架子。曼太太只好把他請到她自己的房間裡，那房間特別清潔。這位衙役把他那頂三角帽子同那根手杖，都放在桌上，手裡端著一杯酒，就跟老太太開始談判公事。

彭先生說：「這裡有個孩子，叫屠歐禮的，今天整九歲了。」

「您這一說，可不是嗎？」曼太太說了以後，又裝出擦眼淚的樣子，可是她的眼睛是乾的。

彭先生又說：「雖然我們曾經有過懸賞，不過始終也沒發現他的父母是誰，並且對這孩子的底細也一無所知。」

「嗳呀！那麼您怎麼知道，他姓屠，叫歐禮呢？」

彭先生聽了這話，得意的答道：「是我給他起的。」

「怎麼？您給他起的？」

「曼太太呀！就是我給他起的！我們收容孤兒，給他們起名字的時候，是按照A、B、C。在他以前收的那孩子，正趕上S，所以我就管他叫蘇博樂(Swubble)；接著就是他，所以他就姓屠司特(Twist)。這姓一直到Z，我都預備好了。」

彭先生並沒有繼續解釋他根據什麼原則給這些孩子們起名字；所以，我們書中的主角為什麼叫「歐禮」，也就不得而知了。

「曼太太，屠歐禮現在年紀已經大了，不該再繼續在你這兒住了。當局派我來把他帶回到大救濟院去。請你把他叫來，我要看看他。」

他們就把歐禮叫來了。曼太太說：「好好的給這位先生鞠一躬！」歐禮就鞠了一躬，一半向著這位衙役，一半向著桌上的那頂花帽子。

彭先生就正顏厲色的問他道：「你願意跟我走嗎？」

歐禮剛要說「跟誰走我都願意」，可是他抬頭一看，只見曼太太站在衙役椅後，向他揮拳示威。他馬上就明白這種手式的意思了。

「她也同我一塊去嗎？」可憐的歐禮問道。

「她不能同你一塊去，不過她可以隨時去看望你。」

這孩子聽了彭先生的話，心中並不感到安慰。別看他年紀這麼小，他可是相當的乖，會裝出捨不得走的樣子。擠出幾滴眼淚，在這孩子是毫不費力的事。挨餓同虐待，是流淚最好的助手。曼太太和他親吻了不知多少次，然後又送給他比這些個吻不知貴重多少倍的一件禮物，就是一塊麵包。曼太太唯恐歐禮一到大救濟院就開口嚷餓！

歐禮手裡拿著那塊麵包，就被彭先生帶走了。他在這個艱苦的環境裡，雖然從來就沒有聽過一句好話，從來沒有看過一副好臉色，可是他一見這小救濟院的大門在他背後一關，也不由己的心中一陣酸痛，熱淚奪眶而出。他所留下的那些苦命的小伴侶們，是他一生中唯一的良友。這一次離開，使他幼稚的心中，第一次感到他在人世間是多麼的孤單和可憐。

二、歐禮表示不飽

果然第二天早上，歐禮和幾個別的窮孩子一同開始學習。給他們定的工作是相當吃力的，而且工作的時間也特別漫長。至於他們的食物，每頓飯僅僅是一碗稀飯。

歐禮在救濟院渡著這樣的生活剛六個月，就出了意外。這件事不僅使他整個生活發生了變動，而且也使他永遠脫離了救濟院。在救濟院的男孩子們，向來是吃不飽的；他們用的那些粥碗，一向用不著洗刷，因為每次這些孩子用匙子吃光了以後，還要用手指頭把碗底抹得一乾二淨，所以碗都是光亮的。老師從一口大鍋中給他們分粥，這群孩子都坐在那兒，瞪著兩隻餓眼，就像恨不得連粥帶鍋一塊兒吞在肚裡才好呢！這群孩子簡直是一群小餓鬼。其中一個孩子說，假如每頓飯只給他吃一碗粥的話，他恐怕夜裡會起來，把睡在旁邊的小孩子給吃了。說這話的孩子，生著一雙兇狠得像餓鷹的眼睛，因此別的孩子聽了他這話，也都相信他，也都怕他。最後，他們就商量派一個代表去向老師請願，增加粥量。結果歐禮被大家推為代表，去執行這項危險的任務。

那天晚上吃飯的時候，粥剛由老師分完，一轉眼的功夫，大家就都把粥吃光了。那時這群孩子，交頭接耳的推著歐禮上前去說話。歐禮嚇得不得了，也餓得不得了。他就站起來，手裡拿著粥碗和匙子，走到老師的面前，就哆哆嗦嗦的說道：「老師呀！我還要點兒粥！」

這位老師是個肥胖健壯的人；不過當他聽了這話，他的面色竟幾乎變成蒼白：他簡直不能相信他的耳朵！

停了一會兒，他才低聲地問道：「你說什麼？」

「老師！我還要點兒粥！」

這位老師就拿起盛粥的大勺，狠狠地在歐禮頭上打了一下，一手把歐禮揪過來，隨著就大聲的叫彭衙役。

當時理事會的先生們，正在隆重的舉行會議。突然彭先生闖進來了，慌張失措的朝著坐在高椅上的先生說道：「林先生[5]呀！對不起得很！屠歐禮嫌粥不夠，還要添粥！」

在座的諸位先生聽了這話，都像是受了什麼刺激似的。每個人的臉上都顯出驚駭的樣子。

「他還要！」林先生說，「老彭！你先沉住氣！我要問你一句話，請你清楚的答覆我：你剛才說的意思，是否他吃完了每一個孩子該吃的份量以後，另外還要多吃呢？」

彭衙役答道：「是的！」

「這孩子早晚不得好死！」說這話的人，就是當初罵歐禮混蛋的那位先生。在座的人聽了這話無一人不贊同。隨後這些位先生把這事又很熱烈的討論了一番。當天晚上就把歐禮獨自一人監禁在一個屋子裡。次晨救濟院貼了一張佈告，上面說：「任何工商界人士，願把歐禮領去當學徒，本院願出酬勞費五金鎊。」

5 Mr. Limbkins.

翻譯偵探嚴選
譯難忘：遇見美好的老譯本

2019年5月初版 定價：新臺幣390元

著者	賴慈芸
叢書編輯	張彤華
校對	Soulmap
內文排版	江宜蔚
封面設計	謝佳穎
編輯主任	陳逸華
總編輯	胡金倫
總經理	陳芝宇
社長	羅國俊
發行人	林載爵

出版者	聯經出版事業股份有限公司
地址	新北市汐止區大同路一段369號1樓
編輯部地址	新北市汐止區大同路一段369號1樓
叢書編輯電話	(02)86925588轉5306
台北聯經書房	台北市新生南路三段94號
電話	(02)23620308
台中分公司	台中市北區崇德路一段198號
暨門市電話	(04)22312023
台中電子信箱	e-mail：linking2@ms42.hinet.net
郵政劃撥帳戶第0100559-3號	
郵撥電話	(02)23620308
印刷者	文聯彩色製版印刷有限公司
總經銷	聯合發行股份有限公司
發行所	新北市新店區寶橋路235巷6弄6號2樓
電話	(02)29178022

行政院新聞局出版事業登記證局版臺業字第0130號

本書如有缺頁，破損，倒裝請寄回台北聯經書房更換。 ISBN 978-957-08-5303-2 (平裝)
聯經網址： www.linkingbooks.com.tw
電子信箱：linking@udngroup.com

國家圖書館出版品預行編目資料

譯難忘：遇見美好的老譯本/賴慈芸著．初版．
新北市．聯經．2019年5月（民108年）．320面．
14.8×21公分（翻譯偵探嚴選）
ISBN 978-957-08-5303-2（平裝）

1.翻譯 2.世界文學

811.7 108005221